OYINKAN BRAITHWAITE
DAS BABY IST MEINS

Blumenbar

OYINKAN BRAITHWAITE

DAS BABY IST MEINS

ROMAN

Aus dem Englischen
von Yasemin Dinçer

Blumenbar

Die Originalausgabe unter dem Titel
The Baby Is Mine
erscheint 2021 bei Trapeze,
einem Imprint der The Orion Publishing Ltd, London.

MIX
Papier aus verantwortungsvollen Quellen
FSC® C083411

ISBN 978-3-351-05089-4

Blumenbar ist eine Marke der Aufbau Verlag GmbH & Co. KG

1. Auflage 2021

Einbandgestaltung zero-media.net, München
Gestaltung Vor- und Nachsatz zero-media.net, München
Satz Greiner & Reichel, Köln
Druck und Binden CPI books GmbH, Leck, Germany
Printed in Germany

www.aufbau-verlag.de
www.blumenbar.de

1

Ich wohnte gerade bei Mide (die mit den breiten Hüften und den dichten Locken), als die nigerianische Regierung verkündete, wir müssten uns dem Rest der Welt anschließen und uns in den Lockdown begeben. Beinahe über Nacht schien das Leben zum Stillstand gekommen zu sein, und es wurde nicht länger als sicher angesehen, sich frei unter andere Menschen zu mischen. Also blieben wir zu Hause.

Es machte mir nichts aus. Mide hatte eine wunderschöne Wohnung mit Blick über die Lagune in Ikoyi. Sie hatte große, bodentiefe Fenster, durch die stets Licht hereinströmte, das von ihren vielen Spiegeln reflektiert wurde. Wir verfielen in eine Routine. Mide kochte gern für mich, ich ließ sie gern für mich kochen. Wir aßen gemeinsam, dann trennten wir uns für ein paar Stunden, um unsere E-Mails zu bearbeiten und an Zoom-Meetings teilzunehmen, bevor wir abends wieder zusammenkamen. Wir waren glücklich.

Ich erwartete daher nicht, um ein Uhr morgens von einem Telefon geweckt zu werden, das kaum fünf Zentimeter vor meinem Gesicht leuchtete. Hatte sie es einfach dorthin gehalten, bis ich aufwachte, oder hatte sie auch meinen Namen gesagt?

»Was ist das?«, fragte sie mich. Ihre Worte waren halb geschluchzt, halb gebrüllt, ich wusste also, dass etwas nicht stimmte. Ich blinzelte in das grelle Licht. Das Telefon in ihrer Hand gehörte mir, und darauf war ein WhatsApp-Chat von vor einer Woche geöffnet. Wie hatte ich vergessen können, ihn zu löschen?

»Hast du in meinem Phone herumgeschnüffelt?«, fragte ich. Ich wusste nicht, was ich sonst sagen sollte. Ich rieb mir noch immer den Schlaf aus den Augen und versuchte dabei, zu begreifen, wie sie mein Passwort herausgefunden hatte.

»Das habe ich. Und ich bin froh darüber, weil du ein Lügner und Betrüger bist!«

Sie ließ das Telefon neben mich fallen und sprang aus unserem Bett. Ich schnappte mir mein Handy, löschte die Nachrichten und Bilder und stürzte ihr hinterher.

»Ich kann es erklären«, rief ich. Das konnte ich nicht. Ich sagte all die Dinge, die von einem erwartet werden: *Es hat nichts bedeutet. Es war ein Fehler.*

Es ist passiert, bevor es zwischen uns ernst wurde. Aber meine Worte machten sie nur noch wütender.

»Die anderen haben mich vor dir gewarnt, aber ich wollte es nicht hören«, sagte sie, während sie den Kleiderschrank aufriss und begann, meine Hemden und Hosen herauszuzerren.

»Die sind doch alle nur neidisch. Wir kriegen das hin, Babe. Jede Beziehung hat ihre Höhen und Tiefen.«

Sie lachte. »Du bist unglaublich, Bambi, ernsthaft. So einen wie dich gibt's kein zweites Mal. Aber mich verarschst du nicht. Ich will, dass du aus meiner Wohnung verschwindest!«

Langsam sah es ernst aus. Ich probierte eine andere Herangehensweise: »Beruhig dich, Babe. Ich kann doch gerade sowieso nirgendwohin. Wir befinden uns im Lockdown, schon vergessen?«

Ich konnte gerade noch einem meiner Loafer ausweichen und entschied, ein bisschen Abstand wäre vielleicht wirklich das Beste. Ich sammelte meine Kleidungsstücke ein und stopfte sie hastig in eine Tasche, dann versprach ich ihr, sie anzurufen. Sie antwortete, indem sie die Wohnungstür aufschloss und mir aufhielt. Ich stieg in meinen Wagen und fuhr zum ersten Mal seit zwei Wochen aus ihrer Einfahrt.

Zuerst fuhr ich langsam, auf der Hut vor der Polizei. Mittlerweile galt es als Verbrechen, das Haus aus einem anderen Grund als dem Einkauf von Grundbedarfsmitteln zu verlassen. Aber vielleicht würde ein Polizist mich für ein paar Hundert-Naira-Scheine gehen lassen.

Es war jedoch keine Polizei und auch kein anderes Auto auf der Straße zu sehen. Zwar war es erst ein Uhr morgens, aber trotzdem … Das hier war Lagos! Abuja mochte die Hauptstadt sein, aber Lagos war der Ort, an dem alle sein wollten – die Stadt platzt mit zwanzig Millionen Menschen aus allen Nähten. Daher fühlte es sich seltsam an, die Alexander Road entlangzufahren und kaum einem anderen Fahrzeug zu begegnen. Man konnte sich schwer vorstellen, dass das Leben je wieder wie vorher werden würde.

Die Frage war nun: Wohin? Mide hatte mir nicht genügend Zeit gelassen, um mir etwas zu überlegen, also fuhr ich einfach nur die leeren Straßen hoch und runter. Ich versuchte, Uche anzurufen, mit dem ich mir eine Wohnung geteilt hatte, ehe ich bei Mide eingezogen war. Aber er ging nicht ran, außerdem hatte er mir bereits mitgeteilt, dass jemand anderes mein Zimmer übernommen hatte. Meine Schwester hätte die einfachste Option dargestellt, aber sie und ihre Familie waren im Urlaub gewesen, als Nigeria seine Grenzen schloss, und hatten es nicht rechtzeitig zurückgeschafft. Sie waren also gezwungen, ihren Aufenthalt in einem Airbnb zu verlängern und mehr Geld als geplant auszugeben. Ich hätte sie dennoch anrufen können, um ein wenig Mitleid zu bekommen, aber wahrscheinlich hätte sie nur verächtlich geschnaubt über die Lage, in die ich mich selbst manövriert hatte.

»Das geschieht dir recht«, hätte sie gesagt. »Vielleicht lehrt dich das, dein Ding in der Hose zu lassen.«

Obwohl ich ihr immer und immer wieder erklärt hatte, dass ein Mann nicht dafür geschaffen war, sich an eine einzige Frau zu binden. Das verstieß gegen die Naturgesetze. Und wer war ich, der Natur zu widersprechen?

2

Das Haus meines Großvaters war eines der wenigen auf der Adetokunbo Ademola Street, die noch standen. Er hatte es direkt vor dem Bürgerkrieg gekauft und später an Onkel Folu vererbt.

Ich war seit einer Weile nicht mehr in dem Haus gewesen, aber es lag nur eine zehnminütige Autofahrt von Mides Wohnung entfernt, und ich wusste, wo sie den Ersatzschlüssel versteckt hatten. Ich stellte es mir leer vor – Onkel Folu war der erste Mensch, den ich kannte, der an dem Virus gestorben war, und ich konnte mir nicht vorstellen, dass meine Tante allein in dem Haus geblieben war. Da sie ein neugeborenes Baby hatte, war es viel wahrscheinlicher, dass sie zu irgendeiner Verwandten gezogen war. Ich würde es mir in dem alten Bungalow gemütlich machen, bis der Lockdown vorbei war.

Es war kein Pförtner da, um mir das Tor zu öffnen, also hob ich den Riegel selbst an und drückte die alten, knirschenden Torflügel auf, einen nach dem anderen, bis es weit genug offen stand. Ich fuhr den Wagen hinein und stellte den Motor aus. Nichts rührte sich, abgesehen von den großen Palmen, die dem Bungalow einen Sichtschutz boten. Ich lief um das Haus herum zur Rückseite, wobei ich über die Mangos sprang, die längst überreif zu Boden gefallen waren. Sie fingen bereits an zu verrotten. Ich hob die Fußmatte vor der Küchentür an und griff nach dem silbernen Schlüssel. Dann betrat ich die Küche.

Das Haus lag in Dunkelheit getaucht. Ich betätigte den Lichtschalter, aber nichts geschah – es gab keinen Strom, was in Lagos keine Seltenheit ist. Ich benutzte die Taschenlampe meines Telefons, um mehrere Schubladen zu öffnen, bis ich eine Kerze und eine Schachtel Streichhölzer fand. Ohne Strom würde ich mein Telefon nicht laden können, also wollte ich keinen Akku verschwenden.

Ich erwärmte den Boden der Kerze mit der Flamme des Streichholzes, damit er leicht anschmolz und auf einer Untertasse kleben blieb. So konnte ich damit herumlaufen, ohne dass mir das Wachs auf die Haut tropfte.

Eine Tür ging zu, und ich ließ beinahe die Kerze fallen. Aber sofern es in dem alten Bungalow nicht mittlerweile spukte, konnte ich wohl davon ausgehen, dass meine Tante zu Hause war. Ich hätte vorher anrufen sollen. Ich zündete die Kerze an und ging aus der Küche und den Flur hinunter, der zum Esszimmer führte. Ich war unterwegs zum Herzstück des Hauses: dem Wohnzimmer.

Plötzlich ging die Tür zur Gästetoilette auf und erschreckte mich so sehr, dass ich ein paar Schritte zurück stolperte. Aunty Bidemi kam heraus. Sie kreischte panisch auf, als sie mich bemerkte. Ich hob die Kerze ein wenig an, damit sie mein Gesicht sehen konnte.

»Ich bin's, Aunty.«

»Bambi?«

»The one and only.«

Ich konnte sie im flackernden Licht ausmachen – ihre kleine Gestalt, ihre breiten Hüften und das lange Haarteil, das ihr am Kopf klebte, so ganz anders als Mides sexy natürlicher Afro.

»Was machst du hier? Hast du nichts von dem Lockdown mitbekommen?«, fragte Aunty Bidemi und sah mich mit zusammengekniffenen Augen an.

»Der Mietvertrag für meine Wohnung ist ausgelaufen, und der Vermieter hat sich stur gestellt. Du weißt doch, wie die Leute heutzutage sind …«

Sie ließ sich mit ihrer Antwort einen Augenblick Zeit. Einen Augenblick, in dem ich fürchtete, schneller wieder in meinem Wagen zu sitzen, als man bis drei zählen kann. Während ich sie betrachtete, fiel mir auf, dass ihre Perücke leicht nach links verrutscht und vermutlich seit Wochen nicht mehr gebürstet worden war. Sie stand wie Stroh ab und war an einigen Stellen verknotet. Die Trauer lastete noch immer schwer auf meiner Tante. Ich versuchte mich daran zu erinnern, ob ich sie angerufen hatte, um ihr mein Beileid auszudrücken …

»Na ja, vielleicht ist es ganz gut, dass du hier bist«, seufzte sie. Sie öffnete die Tür zum Wohnzimmer, und ich folgte ihr hinein.

Das Zimmer wurde von einer batteriebetriebenen Laterne in gedämpftes Licht getaucht. Die Wände waren bedeckt mit den Bildern von Kindern und Enkelkindern, die mein Großvater gesammelt hatte. Über dem Fernseher hing ein Foto von mir nach meinem Abschluss über einem ähnlichen von meiner Schwester. Die altertümlichen Sofas waren ebenso wie das Klavier mit großen Tüchern verhüllt, um nicht einzustauben. Außerdem befand sich in dem Zimmer eine Frau. Auch wenn sie uns den Rücken zugekehrt hatte, konnte ich anhand der Form ihrer Hüften und ihrer langen, muskulösen Beine erkennen, wer es war. Esohe drehte sich um, und unsere Blicke trafen sich. Ich war vollkommen verblüfft. Ich hätte nie erwartet, die beiden Frauen einmal im selben Zimmer zu sehen.

»Bambi, das ist Esohe«, sagte Aunty Bidemi.

Sollte ich zugeben, dass ich sie kannte?

Ich räusperte mich. »Hallo.«

»Hi.«

Wir standen dort, während unsere kleinen Lichtquellen unsere müden Gesichter beleuchteten. Ich war versucht, meine Kerze auszublasen, für den Fall, dass mein Gesicht meine Gedanken preisgäbe. Esohe hier zu sehen, während meine Tante ganz offensichtlich auch im Haus war, war bizarr. Ich hatte so viele Fragen, konnte jedoch keine einzige von ihnen stellen, ohne mich zu verraten. Und ich wollte nicht an einem Tag aus zwei Häusern geworfen werden.

»Hast du Hunger?«, fragte Aunty Bidemi. »Esohe, holst du Bambi etwas zu essen?«

Esohe stemmte die Hände in die knochigen Hüften und presste die Lippen zusammen. Sie trug ein T-Shirt und Leggings, was einen Kontrast zu Aunty Bidemis formlosem Bubu darstellte. »Ich bin müde.«

Aunty Bidemi massierte sich die faltige Stirn und zog ihre Lippen zu einem Lächeln auseinander. Ich kannte diese Geste aus meinen wütenden Teenagerjahren. Ich konnte ihre nächsten Worte erraten.

»Ich verlange doch wohl nicht zu viel, oder?«

Esohe zuckte die Achseln. »Ich gehe und bereite etwas zu. Aber du kannst mich nicht wie ein Hausmädchen behandeln.«

Als sie an mir vorbeiging, roch ich ihren Duft nach Mango und Zimt. Ich spürte, wie meine Muskeln sich anspannten. Ich entschied mich dagegen, ihr zu folgen. Stattdessen drehte ich mich um und sah, dass Aunty Bidemi mich anstarrte, als versuchte sie, meine Gedanken zu lesen. Sie lächelte.

»Komm, komm und sieh dir das Baby an, Bambi.«

Da erst bemerkte ich die Wiege im Zimmer.

3

Aunty Bidemi lächelte mich an und wartete darauf, dass ich in die Wiege blickte und Gugu-Geräusche machte. Ich trat auf die Wiege zu und spähte hinein.

Das Baby sah aus wie eine Ofenkartoffel.

Ich wollte sagen können, dass es süß sei, konnte jedoch nicht feststellen, ob das Baby ein Junge oder ein Mädchen war. Sie hatten es weiß gekleidet, was mir auch nicht gerade weiterhalf. Es war wach und griff mit seinen winzigen Fingern nach mir.

»Herzlichen Glückwunsch, Aunty. E ku ewu omo«, sagte ich auf Yoruba, womit ich ihr dazu gratulierte, die Risiken überlebt zu haben, die mit einer Geburt einhergingen. Ich hatte sie und Onkel Folu anrufen wollen, als ich die Neuigkeit erfuhr, dass sie das Kind zur Welt gebracht hatte, war jedoch nicht dazu gekommen. Aber ich wusste, wie lange sie sich um ein Baby bemüht hatte, und freute mich für sie.

Sie wandte sich mir zu, blinzelte und lächelte dann erneut. Aunty Bidemi hat ein reizendes Lächeln –

ihre Lippen drücken ihre Wangen nach oben, und ihre Wangen drücken ihre Augen zusammen, so dass diese sich beinahe zu Schlitzen verengen. Es war gut, zu sehen, dass sie nach allem, was sie durchgemacht hatte, immer noch lächeln konnte.

»E se o«, erwiderte sie. »Möchtest du ihn auf den Arm nehmen?«

Ein Junge also. Sie gab mir keine Gelegenheit, abzulehnen. Sie hob ihn hoch und reichte ihn mir, so dass mir gerade noch genug Zeit blieb, um die Kerze auf irgendeiner Oberfläche abzustellen und meine Arme unbeholfen zu einer Hängematte zu verschränken. Er starrte mich an. Anscheinend wusste er, dass ich ein Fremder war. Auf seinem weißen T-Shirt stand »Mein Vater ist ein Held«, was mir unglaublich traurig vorkam.

»Er heißt Remilekun«, teilte sie mir mit, obwohl ich nicht gefragt hatte. »Er mag dich.«

»Hmmm.«

»Sieht er aus wie Folu?«

Ich suchte in seinem Gesicht nach meinem Onkel, konnte jedoch nichts erkennen, das mir vertraut vorkam. Sein Haar war pechschwarz und gelockt, an seinem Scheitel angeklatscht. Er zerrte an der dünnen Silberkette, die von meinem Hals baumelte. Er hatte offensichtlich keine Ahnung, wie teuer diese

Kette gewesen war. Ich befreite sie sanft aus seinen Fingern und übergab ihn an seine Mutter.

»Er ist sehr süß«, sagte ich, und sie belohnte mich mit einem unsicheren Lächeln. Würde sie etwa gleich anfangen zu weinen? Ich schnappte mir meine Kerze von dem Beistelltisch und entschuldigte mich rasch.

Ich ging einen der langen Flure hinunter, während meine Schritte von den Kacheln widerhallten, bis zu einem Zimmer, das stets meines war, wenn ich hier übernachtete. Es war das am weitesten von Wohnzimmer und Küche entfernte Zimmer; um es zu erreichen, passierte man drei Schlafzimmer und einen Nebenflur. Mir gefiel die Privatsphäre, die es einem bot.

Ich setzte mich auf das Bett und fragte mich zum hundertsten Mal, welche der vier Ehefrauen meines Großvaters die Zimmer eingerichtet hatte. Mir schien, sie habe dafür die hässlichsten Tapeten ausgewählt, die sie finden konnte. Die in meinem Zimmer war eine schräge Mischung aus Senfgelb und Grün. Esohes Leggings waren grün gewesen. Warum zur Hölle war sie im Haus?

Mein T-Shirt klebte an meiner Haut und erinnerte mich daran, wie heiß es war. Ich schälte es mir vom Leib und warf es auf den Stuhl. Ich blickte kurz auf mein Telefon, um zu sehen, ob Mide wieder zur Besinnung gekommen war. Sie war es nicht. Ich blies die Kerze aus und schloss die Augen.

4

Ich wachte hungrig und verschwitzt auf, stellte jedoch fest, dass im Haus bereits Hochbetrieb herrschte – ich konnte das tiefe Brummen der Küchengeräte und das Rauschen des Fernsehers hören. Es gab wieder Strom, zumindest fürs Erste. Ich kletterte aus dem Bett, streckte meine steifen Muskeln, schaltete dann die Klimaanlage an und stellte mich direkt darunter, so dass der kühle Luftstoß meinen Körper und meine Seele besänftigte.

Es klopfte leise an der Tür.

»Herein.«

»Bitte hilf mir, die Tür aufzumachen.«

Ich öffnete die Tür und fand davor Aunty Bidemi mit einem Tablett voller Essen in der Hand. Ich nahm es ihr ab und stellte es auf mein Bett.

»Danke. Du hättest mir sagen sollen, dass es fertig ist, dann hätte ich es selbst abgeholt.«

»Ach, nein. Du bist ein Gast.« Ihr Blick wanderte von meinem Gesicht zu meiner nackten Brust. Ich schnappte mir mein Shirt und zog es über.

Schweißperlen standen ihr auf Stirn, Nase und Oberlippe, wo ich auch einen leichten Damenbart ausmachen konnte. Sie ließ sich wirklich gehen. Ich konnte mich noch daran erinnern, wie sie als junge Braut ausgesehen hatte. Damals war ich erst zehn Jahre alt gewesen, und für mich war sie eine Disney-Prinzessin. Oder auch drei Disney-Prinzessinnen – schon damals war ihre Taille nicht schmal gewesen. Sie setzte sich auf meinen Stuhl, der protestierend knarrte. Sie wischte sich über die Stirn, wodurch ihr Haarteil noch ein wenig weiter nach links verschoben wurde.

Draußen konnte ich das Krähen eines Hahns vernehmen. Ich warf einen Blick auf mein Telefon. Es war noch früh. Ich wollte gern ungestört essen, aber sie schien es nicht eilig zu haben. Die Mahlzeit bestand aus Bohnen und Kochbananen. Ich setzte mich aufs Bett, nahm das Tablett und begann zu essen. Ich hätte lieber gewartet, bis sie aus dem Zimmer war, aber ich hatte Hunger. Wenn sie wieder zu Atem gekommen wäre, würde sie vielleicht …

»Esohe war die … Geliebte deines Onkels.«

Ich ließ die Gabel zurück auf den Teller sinken. Ich versuchte, geschockt zu wirken.

»Bitte, was?!«

5

Ich war Esohe zum ersten Mal in einer Bar begegnet. Es war ein Lokal, das ich aufsuchte, wenn ich niemanden treffen wollte, den ich kannte. Es lag abgelegen, war düster und stets in einen Nebel aus Zigarettenrauch und Gras gehüllt. An jenem Abend trat ich ein und nickte der Bardame Dotun über den Raum hinweg zu. Sie reckte beide Daumen in die Höhe und machte sich daran, meine übliche Bestellung vorzubereiten.

Ich ging zu dem Platz in der Ecke, auf den ich mich immer setzte – er bot einen perfekten Blick auf Bar und Eingang, aber er war schon besetzt.

»Onkel Folu?«

Er blickte zu mir auf und runzelte die Stirn. Er war nicht erfreut, mich zu sehen. Die junge Frau, die ihm gegenübersaß, mit dem Rücken zu mir, drehte sich um. Ich war verblüfft, wie lang und dünn sie war, wie eine Gottesanbeterin. Sie sah nicht aus wie die Sorte Frau, mit der man seine Ehefrau betrügen würde – ihre Brüste waren kaum auszumachen.

Wir standen beide auf kurvige, vollschlanke Frauen, und das war sie ganz sicher nicht. Vielleicht war sie ja gar keine Affäre. Vielleicht war ich in einen Geschäftstermin hineingestolpert. Dann wiederum: Wer hielt schon Geschäftstermine an einem Ort wie diesem ab?

Ich erwiderte den grimmigen Blick meines Onkels mit einem Lächeln und ließ mich auf den Platz neben ihm gleiten. Ich streckte der Frau meine Hand entgegen.

»Mein Name ist Bambi. Und mit wem habe ich das Vergnügen?« Sie schüttelte mir die Hand. Damals war es noch erlaubt, sich die Hände zu schütteln. Die Pandemie war noch nicht ausgebrochen und hatte uns Angst vor jeglichem Körperkontakt eingeflößt. Sie lächelte mich an, blickte aber nach Bestätigung suchend zu ihm. Also definitiv eine Affäre. Er nickte ihr steif zu. Und wir beide schauten einander erneut an.

»Ich bin Esohe.«

Ich musterte sie in dem Versuch, herauszufinden, was ihn wohl an ihr gereizt haben mochte. Sie wirkte jünger als ich, was bedeutete, dass sie mindestens zwanzig Jahre jünger war als Onkel Folu, also war es vielleicht das, was ihn angezogen hatte. Dotun brachte mein Essen an den Tisch.

»Setz es auf die Rechnung meines Onkels, bitte«, sagte ich zu ihr. »Esohe, hast du schon bestellt?«

»Nein, ich …«

»Ah! Dotun, bitte bring ihr dein bestes Ziegenfleisch, und … möchtest du einen Chapman? Sie mixen hier phantastische Chapmans … ausgezeichnet! Und einen Chapman, Dotun!«

Mir war nur zu bewusst, dass Onkel Folu mich später herunterputzen würde, aber in diesem Augenblick genoss ich es. Und Esohe schenkte mir ein kleines Lächeln. Sie konnte sehen, dass ich sein Unbehagen ausnutzte. Vielleicht freute sie sich, dass ihn einmal jemand dazu brachte, sich zu winden.

Aber so wütend mein Onkel auch sein mochte, wusste er doch, dass die Ereignisse dieses Abends die Wände dieser schmuddeligen Bar nicht verlassen würden. Im Obergeschoss gab es Zimmer, von denen er ohne Zweifel Gebrauch zu machen beabsichtigte, aber das ging mich nichts an. Mein Onkel war ein guter Ehemann – er gab seiner Frau, was immer sie sich wünschte, und er hatte sie nicht unter Druck gesetzt, weil sie es nicht fertiggebracht hatte, ihm ein Kind zu schenken. Wenn er hin und wieder ein wenig Stress abbauen musste, wer wäre ich, darüber zu urteilen?

6

Bambi, ich dachte, er hätte all diesen Unsinn hinter sich gelassen. Warum sind Männer so?«, fragte Aunty Bidemi.

Ich war mir nicht ganz sicher, ob sie erwartete, dass ich für alle Männer sprach oder nur für Onkel Folu. Dies war nicht der richtige Zeitpunkt für meinen Vortrag darüber, wie unnatürlich es war, von einem Mann zu erwarten, dass er nur eine einzige Frau liebte. Stattdessen versuchte ich, irgendwelche tröstenden Worte zu finden. Sie beugte sich auf dem Rand meines Stuhles vor. Die Klimaanlage hatte begonnen, sie etwas abzukühlen, und sie schwitzte nun weniger.

»Na ja …«

»Bin ich denn nicht schon wieder attraktiv?«

Sie war nun sicher nicht mehr ganz taufrisch. Aber sie hatte nach wie vor ein paar reizende Qualitäten – ihr Lächeln zum Beispiel, außerdem sah ihre Haut noch immer wie ein weiches Kissen aus. Sie mochte vielleicht die eine oder andere Speckfalte zu viel haben, aber das lag sicher noch an der Schwangerschaft.

»Wäre ich in deinem Alter, würde ich mich glücklich schätzen, dich zu haben«, erklärte ich ihr.

Sie seufzte, und die Schwere ihres Atems ließ ihre Brüste wackeln. Sie hatte schon immer den Busen einer Mutter gehabt.

»Solange ein Mann Geld hat, altert er nicht. Anders als eine Frau.«

Ich streckte den Arm aus und tätschelte ihr die Schulter. »Onkel Folu hat dich geliebt. Was auch immer er mit Esohe gemacht haben mag, es war nichts Ernstes.« Aber sie schüttelte meine Hand ab.

»Was für eine Art von Liebe ist das? Wusstest du, dass sie noch nicht einmal seine Lieblingssuppe kochen kann? Mir hat Folu so lange in den Ohren gelegen, bis ich endlich gelernt hatte, Egusi-Suppe so zuzubereiten, wie er sie mochte. Und dieses Mädchen …«

Ihre Stimme brach.

»Warum ist sie hier, Aunty Bidemi?«

Aunty Bidemi brachte ein weiteres tiefes, wackelndes Seufzen hervor. »Sie war schwanger und wusste nicht, wohin sie sonst gehen sollte.«

»Esohe war schwanger?!« Meine Stimme überschlug sich ein wenig. Ich hustete, um den Hals freizubekommen. Ich musste Aunty Bidemi falsch verstanden haben.

»Ja, das war sie. Aber sie hat das Baby verloren, das arme Ding. Und bevor ich sie bitten konnte, zu verschwinden, fing der Lockdown an.«

»Hmmm.« Ich versuchte, mir auf diese Neuigkeit einen Reim zu machen. Esohe war schwanger gewesen? Wie viele Monate waren vergangen, seit ich sie zum letzten Mal gesehen hatte? Sie hätte mir doch sicherlich mitgeteilt, wenn …

»Geht es dir gut?«

»Hm? Oh, ja. Es ist nur die Hitze.« Ich wedelte mir mit der Hand Luft zu, um meiner Ausrede Glaubwürdigkeit zu verleihen.

Aunty Bidemi stand auf.

»Ich lasse dich jetzt mal in Ruhe essen.«

Ich kann nicht sicher sagen, ob ich ihr noch etwas antwortete. Es dauerte eine Weile, ehe ich mich wieder dem Essen widmete, und bis dahin war es kalt geworden.

7

Ich musste dringend duschen. Ich ging zum Wagen, um meine Sachen zu holen, und machte mich dann, in ein Handtuch gewickelt und mit meinen Pflegeprodukten ausgestattet, auf den Weg ins Bad. Dort schien schon länger nicht mehr geputzt worden zu sein, ich entdeckte ein paar unsaubere Stellen im Waschbecken und auf dem Fußboden.

In der Badewanne stand ein schwarzer Eimer, der mit Wasser gefüllt werden konnte, um eine altmodische Dusche zu nehmen. Ich drehte den Hahn auf und wartete darauf, dass der Eimer volllief. Ich hatte gerade die erste Schale Wasser über meinen Körper gegossen, als ein Schrei ertönte.

Ich schnappte mir mein Handtuch und eilte aus dem Badezimmer. Ich konnte die Frauen schreien hören und folgte dem Geräusch in Aunty Bidemis Zimmer. Ich drückte den Türgriff nach unten. Die Tür ging nicht sofort auf. Manchmal musste man in dem in die Jahre gekommenen Haus ein wenig mit den Türen kämpfen. Ich benutzte meine Schulter.

Sie waren zwei ineinander verschlungene Schlangen auf dem Fußboden, wo sie auf dem weinroten Schaffellteppich an den Kleidern der anderen zerrten. Eine blaue Keramikschüssel lag in Scherben, unter die sich geschälte Orangenstücke mischten. Das Baby lag schreiend am Rand des Bettes, die Windel halb offen. Ich unterdrückte meinen Ärger und eilte auf das Baby zu, wobei ich über die kämpfenden Frauen hinwegtrat, um es auf den Arm zu nehmen. Ich hielt es mit einer Hand und griff mit der anderen nach Esohes Arm und zerrte sie von meiner Tante. Das Handtuch rutschte herunter, und ich ließ sie gerade noch rechtzeitig wieder los, um zu verhindern, dass ich mich vollkommen entblößte.

»Was zur Hölle ist hier los?«, brüllte ich.

Sie blickten zu mir auf, als wären sie überrascht, mich zu sehen. Aunty Bidemis Perücke war heruntergerissen worden. Ich wiederholte meine Frage langsam.

Esohe stand auf. Sie war ein paar Zentimeter größer als ich, daher musste ich den Kopf heben, um ihr in die Augen zu blicken. Sie hatte eine üble Schnittwunde am Arm, schien jedoch nicht zu bemerken, dass sie blutete. Sie zeigte auf das wütende, heulende Baby in meinen Armen.

»Das ist mein Baby!«

»Du hast den Verstand verloren«, stieß Aunty Bidemi aus. Sie kroch zum Bett und zog sich daran hoch. »Und ich will, dass du verschwindest! Ich will, dass du sofort verschwindest!«

Esohe schnappte sich eine Keramikscherbe und richtete sie auf Aunty Bidemi, wodurch sie die ältere Frau zwang, zurückzuweichen. Ich stellte mich zwischen die beiden.

»Wenn du versuchst, meine Tante anzugreifen, bekommst du es mit mir zu tun.« Esohe ließ es nicht darauf ankommen, sondern legte ihre Waffe nieder. Sie atmete schwer. Ihre blonden Braids klebten an ihrer dunklen Haut.

»Er ist *mein* Baby«, wiederholte sie.

Sie breitete die Arme aus, als erwartete sie, ich würde ihr das Baby einfach übergeben. Ich drückte ihn noch ein wenig fester an mich. Er fühlte sich an wie ein Kissen.

»Tut mir leid, dass du dein Baby verloren hast, Esohe. Das war bestimmt sehr – «

»Bist du wahnsinnig? Ich habe mein Baby nicht verloren. Hat *sie* dir das erzählt?« Ihre Stimme wurde lauter und lauter. Aunty Bidemi trat hinter mir hervor.

»Das Mädchen ist psychisch labil. Gib mir das Baby.« Ich hätte ihn ihr beinahe überreicht, aber sie machte einen noch schlechteren Eindruck als die Frau, die sie beschuldigte. Ihre Perücke lag zertrampelt auf dem Fußboden, und ich konnte die unordentlichen, mit Schuppen übersäten Cornrows auf ihrem Kopf sehen. Ihre Mascara war ihr an den Augen heruntergelaufen, so dass sie aussah, als würde sie schwarze Schmiere weinen. Und es ließ sich nicht leugnen, dass *beide* Frauen ihren Kleinkrieg über die Sicherheit des Babys gestellt hatten.

Außerdem war er mittlerweile verstummt. Es gab keinen echten Grund, ihn wegzugeben. Wie zur Zustimmung griff er nach meinem Finger.

»Sie ist diejenige mit dem toten Baby!«, zischte Esohe.

»Nennst du meine Aunty eine Lügnerin?«

»Dann soll ich also die Lügnerin sein?«

»Geh gar nicht darauf ein, Bambi, gib mir einfach nur das Baby.« Aunty Bidemi wirkte nervös.

»Nein! Nein!«, schrie Esohe. »Er ist mein Baby!«

Das Baby fing erneut an zu weinen. Ich widerstand dem Drang, Esohe aus dem Zimmer zu werfen und die Tür abzuschließen.

»Beruhig dich! Pass auf, wir leben nicht im Jahr tausend vor Christus. Man kann ein Baby nicht einfach für sich beanspruchen. Heute gibt es DNA-Tests.«

»Schön. Dann machen wir einen DNR-Test.«

»DNA.«

»Egal. Machen wir einen.«

Das war eine interessante Wendung der Ereignisse. Ich wandte mich an Aunty Bidemy. Sie zuckte die Achseln und verschränkte die Arme.

»Von mir aus gerne. Machen wir einen.«

Esohe hatte ein ziemlich beeindruckendes Pokerface für eine Person, die eindeutig bluffte. Ich wollte eigentlich niemandes Zeit verschwenden, indem ich einen DNA-Test anforderte, aber vielleicht ließ sich die ganze Angelegenheit nur auf diese Weise lösen.

»Okay … Ich werde also ein paar Krankenhäuser anrufen und gebe euch dann Bescheid …«

»Neinnein. Du musst die Anrufe in meinem Beisein tätigen, damit ich weiß, dass nicht getrickst wird.«

»Schön. Dann treffen wir uns in zehn Minuten im Wohnzimmer. Ich muss mir erst etwas anziehen und mein Telefon holen.« Ich ging aus dem Zimmer und nahm das Baby mit, bevor eine von beiden Gelegenheit hatte, zu protestieren. Er war eingeschlafen.

8

Das Baby und ich waren beide mehr oder weniger nackt, also legte ich ihn auf das Bett und deckte ihn bis zum Hals mit einem Blazer zu, ehe ich mir selbst Boxershorts, Unterhemd und Jogginghose anzog. Dann setzte ich mich neben ihn auf das Bett. Er war so klein. Seine Haut war dunkelbraun, bis auf ein gelbes Muttermal an seinem Bauch. Ich berührte die weichen Locken, die ihm auf dem Kopf wuchsen.

Zufrieden damit, nun ausreichend angekleidet zu sein, zog ich mein Telefon vom Ladegerät, hob das Baby wieder hoch und ging mit ihm in Richtung Wohnzimmer. Zum Glück wartete Aunty Bidemi dort mit einer Windel und einem Strampler. Ich reichte ihn ihr, und sie wischte ihm so flink und geschickt den Hintern ab, puderte ihn und wickelte ihn in seine Windel, als wäre sie eine Art Ninja.

Esohe kam herein und verengte die Augen zu Schlitzen. Ich konnte sehen, dass sie versucht war, zu ihm zu gehen und ihn an sich zu nehmen, aber stattdessen setzte sie sich auf den Sessel, der der Tür am nächsten war.

»Ruf an«, sagte sie.

Ich rief meinen Freund Uche an. Er war Arzt, und ich wusste, dass er bereit sein würde, mir zu helfen. Ich stellte das Telefon auf Lautsprecher.

»Hey, was geht?«

»Läuft«, sagte ich. »Wie geht es dir? Wie kommst du klar?«

»Mann, wir müssen jeden Tag neu schauen. Tut mir leid, dass ich deinen Anruf gestern verpasst habe. Ich hoffe, du bist nicht krank, dass du mich anrufst.«

»Nein, nein. Mir geht's gut. Ich brauche bloß deinen Rat. Hast du eine Minute?«

»Ja. Schieß los.«

»Wo kann man einen DNA-Test machen lassen?«

Er seufzte. »Ich wusste, dass dieser Tag einmal kommen würde.«

Esohe grinste, und ich schaltete den Lautsprecher aus.

»Ich will keinen Vaterschaftstest«, zischte ich.

»Ach?«

»Schalte den Lautsprecher wieder ein«, verlangte Esohe. Ich drückte widerwillig auf den Lautsprecherbutton.

»Ich versuche herauszufinden, wie man an einen Mutterschaftstest kommen kann.«

»Also, *das* ist ja mal interessant. Aber um ehrlich zu sein, ist das ziemlich schlechtes Timing. Die Labore hier sind total überlastet mit den Tests auf das Virus. Ein Mutterschaftstest hätte da sehr geringe Priorität. Ich würde empfehlen, zu warten, bis die Pandemie vorbei ist, und es dann zu probieren.«

»Und wo könnten wir den Test machen lassen, wenn das hier vorbei ist?«

Er nannte ein paar Orte, und ich schrieb sie mir in der Notizen-App meines Telefons auf. Als ich mich verabschiedete, teilte er mir noch mit, er müsse unbedingt die ganze Geschichte erfahren, sobald wieder Normalität eingekehrt sei. Ich lächelte. Sein Durst nach Gossip war nicht weniger geworden.

»Vielleicht sollten wir versuchen, bei einem Krankenhaus anzurufen?«, schlug Aunty Bidemi vor.

Wir versuchten es bei drei Krankenhäusern, doch die allgemeine Rückmeldung lautete: Dies war nicht der richtige Zeitpunkt für einen Mutterschaftstest. Esohe ging im Zimmer auf und ab.

»Und was machen wir jetzt?«, wollte sie wissen.

»Hört zu, die Krankenhäuser und medizinischen Labore sind leider überlastet. Also denke ich, wir sollten am besten versuchen, halbwegs harmonisch miteinander zu leben, bis wir die Möglichkeit haben, den Test zu machen. Schließlich wird keiner von uns in nächster Zeit irgendwohin gehen.«

Esohe hielt kurz inne, um laut zu stöhnen und mit dem Fuß aufzustampfen, dann war sie verschwunden.

9

Den Rest des Tages verbrachte ich in meinem Schlafzimmer. Ich fuhr meinen Laptop hoch, schaute mir *Der Schacht* auf Netflix an und machte dann ein wenig freiberufliche Buchhaltung für eine Firma, die hundertprozentig bald insolvent sein würde. Sie wären weder die Ersten noch die Letzten. Der Lockdown hatte viele Unternehmen ruiniert.

Ich verließ das Zimmer erst am Abend, als der Strom erneut ausfiel. Ich klappte meinen Laptop zu, zündete die Kerze an und ging ins Wohnzimmer. Aunty Bidemi fütterte gerade das Baby. Er sah friedlich aus. Esohe war nicht im Raum.

»Du musst hungrig sein«, sagte Aunty Bidemi und blickte lächelnd zu mir auf. »Das Abendessen ist fast fertig.«

»Danke. Aber eigentlich wollte ich dich nach dem Generator fragen.«

Sie schüttelte den Kopf. »Der ist durchgebrannt. Und gerade kann niemand vorbeikommen, um ihn zu reparieren.«

Meine Schultern sanken nach vorn. Ich hatte einen Ort voller Licht und Luft und regelmäßigem Liebemachen verlassen, um … in einem Haus mit niedrigen Decken, Staub, Schimmel und endlosen Teppichen zu landen. Und jetzt gab es nicht einmal einen Generator. Die Hitze würde sich wie eine dicke Decke auf uns legen, und in der Nacht würden die Moskitos über uns herfallen.

»Er schläft«, sagte sie sanft und unterbrach damit meine Gedanken. Ich sah zu, wie sie das Baby behutsam in seine Wiege legte. »Geh ins Esszimmer, Bambi, ich werde nach dem Eintopf sehen.«

»Hast du denn niemanden hier, um dir zu helfen?«

»Nein. Wir sind ganz allein.«

»Aber was ist mit den Hausangestellten?«

»Vergiss die, die meisten sind abgehauen, nachdem … nachdem dein Onkel krank wurde.«

»Und die anderen?«

»Was?«

»Die, die nicht abgehauen sind. Was ist mit denen passiert?«

Sie seufzte. »Der Lockdown ist passiert. Sie wollten bei ihren Familien sein.« Sie öffnete die Tür und wartete darauf, dass ich hinausging und sie sie hinter mir zumachen konnte. Als sie in der Küche verschwand, bemerkte ich, dass sie deren Tür offen ließ. Ich betrat das Esszimmer, während sie sich in der Küche zu schaffen machte.

Esohe war bereits im Esszimmer. Sie sah mich nicht an, aber an ihrem starren Gesichtsausdruck konnte ich sehen, dass sie noch immer wütend war. Ihr Gesicht war hager, bestand nur aus scharfen Kanten und harten Knochen.

»Hey.«

Sie richtete sich auf, verschränkte die Arme und schien darauf zu warten, dass ich noch mehr sagte. Sie trug ein weites T-Shirt, das ihr bis auf die Knie fiel. Ich kam nicht umhin, mich zu fragen, ob sie darunter Shorts trug. Ihre Braids fielen ihr über die Schultern und auf den Tisch. Ich überlegte, was ich noch sagen könnte.

Aunty Bidemi eilte mit einer großen Schüssel herein, und ich stand auf, um ihr zu helfen. Esohe war damit beschäftigt, sich selbst ein Glas Wein einzuschenken. Unsere Gläser füllte sie nicht. Als wir alle saßen, verteilten wir das Essen schweigend auf die Teller. Das einzige Geräusch war das Kratzen von Besteck auf Porzellan. Die beiden wechselten kein Wort miteinander, also musste ich die Teller zwischen ihnen hin und her reichen.

Ich schaufelte mir eine Gabel voll Reis in den Mund, dann noch eine und noch eine in rascher Abfolge. Aber als ich zu kauen begann, spürte ich etwas Grobkörniges zwischen den Zähnen, etwas Unangenehmes. Ich spuckte den Reis in meine Hand. Im Essen war Sand. Sekunden später tat Aunty Bidemi dasselbe.

»Was ist los?«, fragte Esohe. Sie beugte sich vor, um auf ihren eigenen Teller zu blicken, und schob das Essen mit der Gabel herum. »Moment mal … was ist das?«

»Sag du es uns, Esohe«, erwiderte Aunty Bidemi mit gefährlich leiser Stimme.

»Was? Wie … Das war ich nicht!«

»Dann spukt es hier also?!«, wollte Aunty Bidemi wissen.

Esohe blickte mich bittend an. »Bambi … *du* glaubst doch wohl nicht, dass ich – «

Ich unterbrach sie: »Wie kommt es, dass du nichts davon gegessen hast?«

»Ich wollte es noch essen! Ich schlinge eben nicht so wie ihr.«

Aunty Bidemi sprang auf und warf dabei ihren Stuhl um. »Das reicht jetzt!«, brüllte sie. »Esohe, ich will, dass du verschwindest. Bitte, pack deine Sachen und geh.«

Esohe riss die Augen weit auf. Sie wirkte überrascht darüber, hinausgeworfen zu werden, was seltsam war, wenn man die Situation bedachte, in der die beiden sich befanden. Ich sah zu, wie Esohes Mund aufklappte und sich wieder schloss. Doch dann wurden ihre Augen ganz schmal, und sie legte den Kopf auf eine Seite. Wir warteten darauf, dass sie etwas sagte. Und schließlich tat sie es …

»Nein.«

»Was?«

»Ich werde nirgendwohin gehen. Tatsächlich gehört dieses Haus jetzt meinem Baby und mir. Es ist Folus Geschenk an uns.«

Ich brachte es gerade noch fertig, Aunty Bidemi zurückzuhalten, ehe diese auf Esohe losging, und wenn ich sie nicht zurückgehalten hätte, wäre ich womöglich selbst auf sie losgegangen. Was glaubte sie, wer sie war?! Aber Esohe zuckte nicht einmal mit der Wimper. Sie stand langsam auf, warf ihre Braids zurück und ging aus dem Zimmer. Ich konnte Aunty Bidemis Körper zittern spüren. Sie weinte.

»Womit habe ich das verdient?«

Das hatte sie nicht. Wir waren alle bloß Geschöpfe unserer niederen Natur.

10

Am Ende musste ich mich mit ein paar Scheiben Brot zufriedengeben.

Es fühlte sich an, als wäre ich bereits seit sechs Monaten dort, dabei war es immer noch mein erster Tag in dem alten Bungalow. Und obwohl es fast Mitternacht war, krähte der Hahn schon wieder. Ich spähte aus meinem Fenster, von wo aus ich etwa ein Viertel des Gartens überblickte, konnte das laute Biest jedoch nicht lokalisieren. Ich würde meine Tante am nächsten Morgen danach fragen müssen.

Ich legte mich zurück auf mein Bett und starrte in die Dunkelheit. Ich dachte an Mide und wie bequem sie es in ihrem Kingsize-Bett wohl hatte. Aber vielleicht war sie ja auch ein wenig einsam. Sie hatte sich noch nicht bei mir gemeldet, würde es aber früher oder später tun.

Gerade, als ich mich träge zu fragen begann, was Mide wohl im Bett anhatte – ob es womöglich heiß genug war, damit sie nackt schlief –, kam mir Esohes

Gesicht in den Sinn und zerstörte meinen Gedankengang. Ich erinnerte mich an ihren verzweifelten Blick, als sie darauf bestand, dass das Baby ihr gehörte. Aber ich hatte Aunty Bidemi mit ihrem wachsenden Bauch und ihrem inneren Leuchten gesehen. Esohe würde nur Ärger machen, wenn sie weiter bei uns lebte.

Ich versuchte zu schlafen, aber die Moskitos waren gnadenlos. Wann immer ich gerade eingenickt war, hörte ich das leise Surren, und mein Körper schreckte erneut auf. Im Haus war kein Geräusch zu hören – außer dem nahezu pausenlosen Krähen, dem Rascheln der Bettlaken, dem Surren der Moskitos. Und nun dem Weinen. Ich konnte Remi brüllen hören, und der Laut drang wie tausend Nadeln in mein Ohr.

Ich sprang vom Bett auf. Ich hatte bislang nur wenig mit Babys zu tun gehabt, aber man erkannte schließlich, wenn ein Tier in Not war. Doch als ich die Klinke nach unten drückte, blieb die Tür verschlossen. Dies war nicht der passende Zeitpunkt für das Haus, mir mit seinen rostigen Türangeln und seinem aufgequollenen Holz auf die Nerven zu gehen. Ich rüttelte an der Tür. Ich war nicht so geduldig wie sonst. Ich rief nach Aunty Bidemi und dann nach Esohe, aber niemand kam.

Ich versuchte noch einmal, die Tür zu öffnen, diesmal mit mehr Kraft. Konnte es sein, dass ich eingesperrt war? Und warum nahm niemand das Kind einfach auf den Arm? Ich konnte sie nun hören, die beiden Frauen, mit ihren erhobenen Stimmen, aber das Schreien des Babys war nicht verstummt. Ich rief erneut, aber immer noch keine Reaktion. Meine Geduld war am Ende: Ich rammte meinen Körper gegen die Tür, und sie splitterte auf.

Bis ich Aunty Bidemis Schlafzimmer erreicht hatte, waren Remis Schreie noch lauter geworden. Ich öffnete die Tür.

Im Zimmer war es dunkel, nur eine Kerze flackerte auf der Frisierkommode meiner Tante. Es gab immer noch keinen Strom. Aunty Bidemi hielt das Baby fest in den Armen, während Esohe anscheinend versuchte, ihren Griff zu lösen. Sie kämpften mit dem Baby eingezwängt zwischen ihnen. Ich durchschritt das Zimmer und nahm meiner Tante das Baby aus dem Arm.

Auf seinem Gesicht war irgendetwas Nasses und Dunkles. Es war Blut, das im Kerzenlicht beinahe schwarz aussah. Mir wurde ein wenig schummrig, aber ich brachte es fertig, meinen Griff um ihn nicht zu lockern.

»Bambi, sie –«, setzte Esohe an.

»Hör auf«, sagte ich. Ich fuhr mit einem Daumen sanft über seine Wange und wischte das Blut weg. Sofort strömte mehr davon aus seinen Wunden. »Ist keine von euch auf die Idee gekommen, die Wunden zu säubern?«

Sie blieben beide stumm.

Ich drückte ihn fest an mich und ging in Richtung Badezimmer. Die Frauen folgten mir schweigend. Ich holte den Verbandskasten aus dem Schrank über dem Waschbecken und begann, die Schnitte des wimmernden Babys zu säubern. Ich konnte die Verletzungen nun besser erkennen. Jemand hatte drei scharfe Schnitte auf beiden Seiten seiner Wangen hinterlassen, aber nicht, um ihm wehzutun. Es waren Stammeszeichen.

Dennoch spürte ich meine Wut an die Oberfläche brodeln. So etwas taten wir in unserer Familie nicht. Ich hatte nicht gewusst, dass überhaupt irgendjemand es noch tat. Die Leute würden über dieses Kind urteilen, noch bevor sie Gelegenheit gehabt hätten, es kennenzulernen. Er hatte etwas Besseres verdient. Ich wischte ihm die Tränen mit dem Finger fort. Er war ein bisschen warm und ziemlich hilflos.

»Wer von euch beiden hat das getan?«

»Das war sie«, sagte Esohe. »Sie ist es gewesen.«

Aunty Bidemi verschränkte die Arme. »Er ist mein Sohn. In meiner Familie – « Zumindest hatte sie mir Zeit gespart, indem sie es zugab. Aber ihre Stimme ging mir auf die Nerven.

»Mir ist vollkommen egal, was man in deiner Familie tut. Du hast in *diese* Familie eingeheiratet. Du hältst dich an *unsere* Regeln.«

Ich erwartete Protest von Aunty Bidemi. Aber als Nächste ergriff Esohe das Wort. »Siehst du? Sie ist verrückt. Sieh dir an, wie sie das Gesicht meines Babys verschandelt hat.«

»Es ist nicht verschandelt«, erklärte ich ihr. Ich hatte genug von ihnen beiden und wollte einfach nur noch schlafen.

»Sie hatte kein Recht dazu. Sie hatte kein Recht!«

Das Baby wimmerte noch immer. Ich tat, was ich konnte, um es zu beruhigen. Ich wiegte es sanft.

»Bringt mir Milch«, befahl ich.

Aunty Bidemi verließ das Zimmer.

»Bambi – «, fing Esohe an.

Ich hielt warnend eine Hand hoch. »Stopp. Ich will es nicht hören. Wenn du hierbleiben willst, hältst du die Klappe.« Sie setzte sich auf den Klodeckel und sagte kein Wort mehr. Als Aunty Bidemi fünfzehn Minuten später mit seiner Flasche wieder auftauchte, war Remi bereits viel ruhiger. Er schien es zu mögen, wenn ich ihn stetig vor und zurück schaukelte, und griff mit seiner kleinen Hand nach meinem Finger. Die Milch saugte er gierig ein.

»Ich wollte ihm nicht wehtun«, murmelte Aunty Bidemi. Sie hielt die Hände hinter dem Rücken, und ich konnte erkennen, dass sie ihre Finger verdrehte. Ich war schon kurz davor, sie zu trösten, doch als ich den Mund aufmachte, kamen stattdessen die Worte hervor: »Aber du hast es getan.«

Ich ging aus dem Badezimmer und hielt ihn dabei weiter auf dem Arm, als plötzlich der Strom wieder anging und Licht das Haus durchflutete. Zumindest so viel Licht, wie es in dem düsteren Bungalow möglich war – ein paar der Glühbirnen mussten ausgewechselt werden. Aber immerhin konnten wir unseren Weg zurück in mein Zimmer erkennen, und meine Klimaanlage würde sich wieder einschalten lassen.

»Lass mich ihn in seine Wiege legen«, rief Aunty Bidemi mir nach. »Ich habe sie zurück in mein Zimmer gestellt.«

Ich blickte auf das Baby hinab, das nun in meinen Armen schlief. »Er wird heute Nacht bei mir bleiben.«

11

Ich lag hellwach in der Dunkelheit. Neben mir konnte ich Remis leises Atmen hören. Und wenn ich mich nun im Schlaf umdrehte und ihn erstickte? Wenn *er* sich nun im Schlaf umdrehte und vom Bett fiel? Ich hatte ihn sich noch nicht umdrehen sehen, aber nur weil ich es nicht gesehen hatte, hieß das nicht, dass es nicht passieren konnte. Ich war erstaunt darüber, dass er überhaupt schlafen konnte. Der Hahn krähte laut und klar in die Nacht hinein. Aber wenn ich aus meinem Fenster blickte, konnte ich das Biest nach wie vor nicht sehen.

Irgendwann verabschiedete ich mich von der Vorstellung, zu schlafen. Ich setzte mich langsam auf, um Remi nicht zu stören, und rief meine Schwester an. Sie ging dran, als ich gerade aufgeben wollte.

»Wirst du wohl die Klappe halten?! Mummy ist am Telefon. Hey, Bambi, was ist los? Wie geht's dir?«

»Mir geht's gut. Ich bin im alten Bungalow.«

»Oh! Wie geht es Aunty Bidemi? Unvorstellbar, den eigenen Ehemann zu verlieren!«

»Ich denke, sie … wird damit fertig.«

»Gott! Sie ist stark. Und wie geht es dem Baby? Er ist so hübsch, nicht wahr?«

»Warte mal. Du hast ein Bild von ihm gesehen?«

»Ja. O Gott, diese Kinder treiben mich noch in den Wahnsinn. Was ist nur in mich gefahren, dass ich gleich vier von ihnen bekommen habe? Was habe ich mir dabei eigentlich gedacht?«

»Bukky, bleib bei der Sache. Du sagtest, du hättest ein Bild von dem Baby gesehen.«

»Ja. Aunty Bidemi hat nach der Geburt eine Nachricht an alle geschickt. Es ist wirklich schade, dass sie keine Namenszeremonie durchführen konnte. Aber so sind wohl die Zeiten, in denen wir gerade leben. Soji, komm und sag deinem Onkel hallo. *Hallo, Onkel Bambi!*« Ich verdrehte die Augen. Sie verwendete nun ihre Babystimme und sprach für ihr Kind. Diese Art von Verhalten war es, die mich davon abhielt, sie öfter anzurufen.

»Hör mal, kannst du mir helfen, an das Bild heranzukommen?«

»Wieso? Sag: Hi, Onkel Bambi. *Hi, Onkel Bambi.*«

»Bitte, schick es mir einfach.« Ich beendete das Gespräch, so schnell ich konnte, und legte auf. Frieden kehrte ein.

Ich blickte erneut auf Remi. Er *war* süß. Eines Tages würde er wahrscheinlich tausend Herzen brechen. Ich legte je ein Kissen zu beiden Seiten von ihm auf das Bett, breitete meinen Blazer auf dem Fußboden aus, legte mich darauf und schloss die Augen. Das Krähen ging von vorne los.

12

Als ich Remi am nächsten Morgen wieder an seine Mutter übergab, hatte ich mich beruhigt. Ich wusste, dass sie ihm keinen echten Schaden hatte zufügen wollen. Und sie hatte offensichtlich auch noch nie zuvor jemandem Stammeszeichen verpasst – die Naruto-mäßigen Schnurrhaarschnitte waren zu oberflächlich, um dauerhafte Narben auf seinem Gesicht zu hinterlassen. In ein paar Monaten würden keine Spuren ihres Werks mehr zu sehen sein. Dieses Wissen behielt ich jedoch für mich.

Aunty Bidemi war im Wohnzimmer, und ich konnte sehen, dass sie geweint hatte – sie schniefte andauernd, und ihr Gesicht war verquollen. Sie nahm mir Remi gierig aus den Händen, und ich verhärtete mein Herz.

»Wenn«, warnte ich sie, »wenn du noch einmal etwas Derartiges versuchst – «

»Bambi, ich weiß, dass du helfen möchtest, aber ich bin deine Aunty und Remis Mutter. Du kannst jedenfalls nicht so mit mir reden.«

»Dann verhalte dich wie ein vernünftiger Mensch.«

»Was ist los mit dir?« Sie fing erneut an zu weinen. »Habe ich nicht genug durchgemacht, musst du jetzt auch noch respektlos mir gegenüber werden?!«

»Okay. Na schön. Es … es tut mir leid. Ich denke bloß an das Baby.«

»Genau wie ich!«

Ich hob meine Hände in einer Geste der Kapitulation und ließ sie mit Remi allein. Ich entschied, mich auf die Suche nach dem Hahn zu begeben. Ich lief durch den Garten und atmete die frische Luft und den Duft der verrottenden Mangos ein. Gelegentlich spähte ich unter einen Busch und fragte mich, wo ein Hahn sich wohl verstecken mochte. In der Nähe einer Baumreihe am hinteren Teil des Grundstücks vernahm ich ein Rascheln. Ich schlüpfte durch die Bäume und fand dahinter Esohe, die in aller Ruhe gegen einen Stamm gelehnt einen Blunt rauchte. Sie zog eine Augenbraue hoch und hielt mir den Blunt hin. Ich überlegte, abzulehnen, aber nur für einen kurzen Moment. Sie trug ein schwarzes Kleid, das ein paar Zentimeter zu kurz war, und von ihrem langen Hals abwärts baumelten traditionelle Perlen. Ich schmeckte ihre Lippen am Joint. Wir rauchten schweigend, aber ich wusste, dass die Stille nicht von Dauer sein konnte.

»Ich weiß, dass du weißt, dass das nicht ihr Baby ist.«

Ich paffte noch drei-, viermal, ehe ich antwortete: »Ich weiß gar nichts.«

»Ihre Gebärmutter ist alt. Sie hat Glück, dass sie überhaupt schwanger geworden ist.«

»Pass auf, was du sagst.«

Ich betrachtete sie erneut. Ihre Augen waren rot, ihre Lippen rau, und gelegentlich spürte ich, wie ihr Körper neben meinem zitterte. Es ging ihr nicht gut. Sie brauchte den Blunt so verflucht viel dringender als ich. Ich gab ihn ihr zurück.

»Kannst du mir nicht helfen, um der alten Zeiten willen?«

»So gut kenne ich dich nicht, Esohe.«

Als Antwort spuckte sie auf den Boden. »Du bist ein Arschloch.«

»Habe ich gehört.«

Sie stürmte davon, und erst als sie schon fast an der Tür war, fiel mir wieder ein, dass ich den Hahn finden musste.

»Hey!«, rief ich ihr nach. »Da ist irgendwo ein Huhn, das die ganze Zeit kräht. Wo ist es?«

Sie machte sich nicht die Mühe, mir zu antworten, und knallte die Tür hinter sich zu.

Ich war wieder allein. Da der Hahn sich vor mir

zu verstecken schien, beschloss ich, ein halbstündiges Workout einzuschieben. Ich spürte die Hitze der Sonne auf meinem Rücken, als ich mich langsam zu Boden sinken ließ und dann wieder nach oben drückte. Es war zu lange her, seit ich mir das letzte Mal Zeit genommen hatte, um meine Muskeln zu trainieren, und ich spürte die Belastung. 11, 12, 13. Ich leerte meinen Geist und versuchte, mich stattdessen auf die leichte Brise zu konzentrieren. 20, 21, 22. Der Kies drückte sich in meine Handflächen, und es wurde rasch schmerzhaft, also wechselte ich zu Hampelmännern. Die Alternative wäre gewesen, zurück ins Haus zu gehen, aber da waren die Frauen.

Ich stand auf, als ich den Hahn erneut krähen hörte. Ich lief auf dem seitlichen Durchgang ums Haus und die drei Steinstufen nach unten. Da war er. Reckte den Hals und machte einen Spaziergang. Ich konnte nicht sagen, weshalb, aber es war ein gutes Gefühl, ihn dort zu sehen, wie er stolzierte und krächzte, auch wenn es eigentlich absolut nicht seine Aufgabe war, um 13:05 Uhr so einen Krach zu machen.

Ich hatte mir keinen Plan überlegt für den Fall, dass ich ihn fände. Ich wusste nur, dass ich dem Krähen ein Ende setzen wollte. Ich wollte ihn zum

Aufhören bringen. Doch nun wurde mir bewusst, wie nutzlos mein Ärger war. Er war ein Tier, das an seine Natur gebunden war, und selbst wenn er wollte, könnte er nicht aufhören. Er würde nicht aufhören, bis er tot wäre.

Ich ging eine Scheibe Brot holen und brach sie für den Hahn in kleine Brocken. Er näherte sich mir ohne einen Hauch von Angst. Unmöglich zu sagen, ob das seinem Charakter geschuldet war oder ob die Tatsache, dass die Menschen seit Monaten nicht mehr draußen unterwegs waren, die Hühner hatten mutig werden lassen. Immerhin waren sie nicht für ihr gutes Gedächtnis bekannt.

Er hielt in seiner Mission inne, die Welt über die Uhrzeit in Kenntnis zu setzen, um eine Mittagspause einzulegen, und wir hockten schweigend beisammen. Ich stopfte mir selbst etwas von dem Brot in den Mund. Ich fragte mich, wo er herkam und weshalb er sich hier niedergelassen hatte. Der Garten war größtenteils kahl. Das Gras wuchs nicht mehr so wie früher, und niemand hatte sich die Zeit genommen, den Grund dafür herauszufinden. Mein Großvater hatte seine Liebe zu den Pflanzen nicht an uns weitergegeben.

Der Hahn krächzte mich an. Mir waren die Brotkrumen ausgegangen. Er krächzte erneut. Unser

Waffenstillstand schien beendet. Er flatterte mit den Flügeln in meine Richtung, und ich erkannte, dass er kurz davor war, mich anzugreifen, also stand ich auf. Schön und gut, nachdem die Basis unserer Freundschaft aus Essen bestanden hatte, ergab es Sinn, dass sie auch aufgrund von Essen wieder gefährdet wurde.

Ich ging zurück ins Haus.

13

Ich wollte nach Remi schauen, also klopfte ich an Aunty Bidemis Tür und trat ein, sobald sie antwortete.

Sie saß summend auf einem Hocker in ihrem Zimmer, eine Brust entblößt. Diese sah groß und schwer aus, durchzogen von hervortretenden Venen. Ihre Brüste waren gewaltig genug, um einen ausgewachsenen Mann zu ersticken, von einem Baby ganz zu schweigen. Sie machte keine Anstalten, sich mit einem Tuch zu verhüllen.

»Sorry«, sagte ich und drehte mich um, um sie nicht anzusehen. »Ich wusste nicht, dass du … mir war nicht klar, dass er … gestillt wird.«

Sie lachte in meinem Rücken. »Sei kein Kind, Bambi.«

Ich wandte mich ihr wieder zu, hielt meinen Blick aber weit entfernt von ihrer Brustregion. In der ganzen Zeit, die ich bislang im Haus verbracht hatte, hatten die Frauen ihm Milch aus einer Flasche gegeben. Ich war nicht auf die Idee gekommen, dass meine Tante ihn auch zusätzlich stillen könnte. Aber immerhin wurde er überhaupt gefüttert. Ich dagegen war am Verhungern. Ich erwähnte diesen Umstand gegenüber Aunty Bidemi.

»Du weißt, wo die Küche ist, oder nicht?«

Ich lachte. »Was ist aus ›Du bist ein Gast‹ geworden?«

»Du siehst doch, dass ich alle Hände voll zu tun habe.«

Aunty Bidemi war eindeutig immer noch wütend auf mich. Und an ihrer steinernen Miene konnte ich ablesen, dass sie stur bleiben würde, was mein Essen anging. Ich dachte an Esohe, aber sie war wahrscheinlich ebenfalls sauer auf mich.

Die ersten fünfzehn Minuten verbrachte ich in der Küche damit, herauszufinden, wo alles war. Der alte Bungalow war langsam am Verfallen. Schubladen klemmten, Farbe blätterte von den Türen, und ich brauchte einige Versuche, um den Elektroherd einzuschalten.

Ich holte Eier aus dem Kühlschrank und schlug sie in eine Schüssel, während ich aus dem Küchenfenster blickte. Der Hahn trottete über die Einfahrt, und Esohe lief in mein Blickfeld. Ich fragte mich, ob sie noch einen Blunt rauchen ging.

Nachdem ich das Salz ausfindig gemacht hatte,

fiel mein Blick zufällig erneut durchs Fenster. Esohe stand nun mitten auf der Einfahrt und hielt den Hahn an den Beinen fest. Ich ließ die Eier auf den Fußboden fallen und riss die Küchentür auf.

»Nein, warte!«, rief ich, aber es war zu spät. Sie hatte bereits ein kleines Messer über seine Kehle gezogen und ihm den Hals weit aufgeschnitten. Sie ließ den Hahn fallen, und wir sahen zu, wie sein Körper flatterte und herumtanzte. Blut spritzte aus seinem Hals und besprenkelte den Boden. Er brauchte zu lange, um zu bemerken, dass er gestorben war. Ich war kein Vegetarier, aber von dem Anblick wurde mir schlecht. »Was zum Teufel ist in dich gefahren?«

»Ist dir nicht aufgefallen, dass wir keine Proteine mehr im Haus haben?«

»Aber trotzdem …«

»Aber trotzdem *was?*« Sie sah mich an und schüttelte dann langsam den Kopf. Sie hielt das Messer immer noch fest umklammert. »Das war nur ein Huhn. Werd erwachsen, abeg.«

14

Das Abendessen bestand aus Reis mit Hühnchen.

Ich schob das Hühnerfleisch auf meinem Teller umher. Ich wusste, dass ich mich kindisch aufführte, aber es war schwer, damit aufzuhören.

»Alles in Ordnung?«, fragte Aunty Bidemi. »Ich dachte, du sagtest, du hättest Hunger?«

Ich hob den Blick. Esohe hatte ihren Teller bereits leer gegessen. Heute war kein Sand im Essen gewesen, und die Frauen hatten es bislang auch fertigbekommen, einander nicht an die Kehle zu gehen, aber meine Laune war dennoch am Boden.

»Mir geht's gut.«

»Führst du dich jetzt wirklich wegen dieses Hühnchens auf wie ein Baby? Ich kann es für dich wieder auskotzen.« Je besser man sie kennenlernte, desto unattraktiver wurde Esohe. Was hatte Onkel Folu sich nur dabei gedacht?

»Dieses Hühnchen war ein Geschenk«, fügte Aunty Bidemi hinzu. »Hätten wir es nicht gegessen, hätte jemand anders es getan.«

»Na, ist ja schön, dass wir uns alle einig sind«, erwiderte ich.

»Wenn du dein Hühnchen nicht essen willst, dann gib es mir«, sagte Esohe, den Kopf in meine Richtung gedreht.

Ihr Hals war lang und dünn und erinnerte mich an den Hals des Hahns. Wo zur Hölle ging das ganze Essen hin, das sie verspeiste? Ich schob meinen Teller beiseite und stand auf. »Bitte«, sagte ich. »Nimm es. Ich bin fertig. Ich werde nach dem Baby sehen.«

»Nein!«, rief Esohe. »Ich bin an der Reihe, nach Omoregbe zu sehen!«

»Du meinst Remi«, knurrte Aunty Bidemi.

»Das ist nicht sein Name. Er heißt Omoregbe.«

Ich blieb stehen. Falls diese beiden Frauen beschließen sollten, aufeinander loszugehen und einander umzubringen, würde ich hinterher saubermachen müssen. Und ich hatte genug Blut für einen Tag gesehen.

Aunty Bidemi schnaubte: »Das ist kein Yoruba-Name.«

»Ich bin keine Yoruba.«

»Was tut das zur Sache? Remi ist Yoruba.«

»Folu und ich waren uns einig – «

Aunty Bidemi klatschte wütend in die Hände, als würde sie dazwischen einen Moskito zerquetschen.

»Sprich seinen Namen nicht aus! Wag es nicht, seinen Namen auszusprechen!«

»Ich habe Rechte!«, schrie Esohe.

»Rechte? Was für Rechte hast du? Du warst bloß die Schlampe meines Mannes!«

Daraufhin rückten sie beide mit den Stühlen zurück und sprangen auf, so dass sie sich gegenüberstanden, den Tisch zwischen ihnen. Esohes starke, geschickte Hand griff nach ihrer Gabel, während Bidemi die Weinflasche wie einen Schläger hielt.

Ich legte die Hände auf eine Stuhllehne und sagte ruhig: »Meine Damen. Hört mir mal gut zu. Diejenige von euch, die als Erste angreift, die bringe ich um. Habt ihr verstanden?« Ihre Körper waren zum Sprung aufeinander bereit, aber sie verharrten reglos. Sie sahen zu mir herüber und warteten darauf, was ich als Nächstes sagen würde. »Okay. Dann passt auf. Wir werden Folgendes tun: Ihr werdet euch abwechselnd um ihn kümmern, bis dieser verfluchte Lockdown beendet ist. Eine von euch bekommt ihn morgens, die andere nachmittags.« In diesem Augenblick kam mir das Bild von Aunty Bidemi in den Kopf, wie sie den im Gesicht blutenden Remi an sich krallte, gefolgt von einem Bild von Esohe, wie sie dem Hahn den Hals aufschnitt. »Und nachts passe ich auf ihn auf.«

Die beiden Frauen ließen ihre Waffen sinken. Legten sie vor sich auf den Tisch. Dann grinsten beide gleichzeitig. »Du?«, fragte Aunty Bidemi. »Bambi, was weißt du denn schon darüber, wie man sich um ein Baby kümmert? Nur weil du eine kurze Nacht mit ihm verbracht hast, heißt das noch nicht – «

»Ich werde es lernen.«

15

Die Welt vor meinem Schlafzimmer war still. Kein Krähen. Ich prustete, und Remi gluckste. Ich hatte ihn gefüttert und seine Windel gewechselt, aber er wollte immer noch nicht einschlafen. Ich legte mich neben ihn und ließ meine Kette über ihm baumeln, während er danach griff. Mit der freien Hand scrollte ich durch mein Telefon, um mich zu informieren, was außerhalb des alten Bungalows so los war. Nichts Gutes. Zunächst einmal ließ Mide sich in ihren Tweets kaum verdeckt über mich aus:

Geh niemals Kompromisse ein.

Nur weil das Äußere eines Mannes gut aussieht, heißt das nicht, dass auch sein Inneres gut ist.

Einmal ein Betrüger, immer ein Betrüger.

Ich likte all ihre Tweets.

Ich sah, dass auch meine Schwester ein paar Bilder ihrer Kinder getweetet hatte. Das erinnerte mich daran, dass sie mir immer noch nicht das Bild weitergeleitet hatte, das Aunty Bidemi nach der Geburt des Babys verschickt hatte. Ich wählte ihre Nummer.

Diesmal klang sie ruhiger, als sie sich meldete. »Aunty Bidemi hat erzählt, dass du bei ihr wohnst.«

»Das habe ich dir selbst erzählt, als wir uns gesprochen haben.«

»Oh. Wirklich?«

»Ja, wirklich.« Ich versuchte, mich nicht über sie aufzuregen. Ich rief mir ins Gedächtnis, dass ganz offensichtlich alle Mütter geistig verwirrt waren. »Könntest du mir dieses Bild schicken, das du von Aunty Bidemi bekommen hast?«

»Was für ein Bild?«

Ich hielt den Atem an. »Das Bild, das sie von ihrem Baby herumgeschickt hat.«

»Oh, na klar. Er ist soooo süß.«

»Ausgezeichnet! Kannst du – «

»Funso, wenn du nicht sofort zurück ins Bett gehst, schwöre ich bei meinem Vater im Himmel, dass ich dir von jetzt bis in alle Ewigkeit den Hintern versohlen werde … Sorry, Bambi, was hast du gesagt?«

»Das Bild, kannst du es mir schicken?«

»Wozu brauchst du das denn?«

»Ich möchte … sichergehen, dass es ihr Baby ist.«

»Wie bitte? Wessen Baby sollte es denn sonst sein?«

Ich zögerte einen Moment, dann ließ ich meinen Atem entweichen. »Onkel Folus Freundin ist hier.«

»Ist das dein Ernst?«

»Jup.«

»Wieso werft ihr sie nicht hinaus?«

»Weil es ihr Baby sein könnte.«

Sie schnaubte verächtlich. »Du redest wirres Zeug … Bist du etwa high, Bambi?«

»Nein, ich bin nicht high. Schick mir einfach das Bild.«

»Aunty Bidemi würde nicht behaupten, dass es ihr Baby ist, wenn es nicht ihr Baby wäre. Sie hat eine Menge durchgemacht, Bambi. Mach ihr nicht noch mehr Ärger.«

»Wirst du mir das Bild nun schicken oder nicht?«

Sie seufzte. »Ich werde mal danach schauen. Aber hör mit deinen wilden Theorien auf, okay?«

Ich hätte am liebsten einfach aufgelegt, aber da ich auf ihre Hilfe angewiesen war, biss ich die Zähne zusammen und hörte mir ihre Neuigkeiten an – ihren Bericht über das Airbnb, wie lange es dauern mochte, bis sie wieder zurück ins Land konnten, neue Verschwörungstheorien über das Virus, wie sie die Kinder dazu brachte, ihr Gemüse zu essen, und so weiter und so fort. Bis ich endlich auflegen konnte, war Remi eingeschlafen.

16

Ich öffnete die Augen. Irgendetwas stimmte nicht.

Remi war da, sein Brustkorb hob und senkte sich. Er war in Sicherheit. Aber jemand war bei uns im Zimmer gewesen. Ich war mir ziemlich sicher, dass irgendjemand auf uns hinabgeblickt hatte. Der Schatten dieser Person war in meine Träume gekrochen. Aber als ich die Augen öffnete, war sie verschwunden.

Ich schaltete das Licht an und sah mich im Zimmer um. Mein Laptop stand noch immer neben meinem Telefon auf dem kleinen Schreibtisch, meine Tasche lag offen auf dem Fußboden und quoll über vor Kleidungsstücken, meine Schuhe standen ordentlich aufgereiht an der Wand. Womöglich war eine der Frauen hereingekommen, um nach dem Baby zu sehen. Selbst wenn ich die Tür hätte abschließen wollen, wäre es nicht möglich gewesen – ich selbst hatte sie am Abend zuvor kaputt gemacht. Nun ließ sie sich sogar kaum noch richtig schließen. Allerdings war nichts durcheinandergebracht worden. Ich entspannte mich langsam – vielleicht hatte ich es ja doch nur geträumt.

Ein Schrei ertönte. Schon wieder. Es klang nach Aunty Bidemi. Ich überlegte kurz, Remi mitzunehmen, um herauszufinden, was los war, aber damit riskierte ich, ihn aufzuwecken. Ich klopfte die Kissen neben ihm zurecht und ging aus dem Zimmer. Aunty Bidemi stand im Flur zwischen Esszimmer und Wohnzimmer. Sie hatte aufgehört zu schreien, aber schon auf die Entfernung konnte ich erkennen, dass sie zitterte.

»Was ist passiert?«

Sie zeigte auf die Wand. Über die gesamte blauweiße Tapete gingen ungleichmäßige dunkelrote Streifen, wie mit der Hand verschmiert. Es sah aus wie Blut, es roch wie Blut. Mir wurde schwindelig.

»Das Mädchen ist eine Hexe«, zischte sie. Sie kam auf mich zu und klammerte sich an mein Unterhemd, aber ich drückte sie weg und ließ den Kopf zwischen die Knie hängen, um ein paar tiefe, beruhigende Atemzüge zu nehmen. Ich konnte nicht gut Blut sehen.

»Was sollen wir jetzt tun?«, flüsterte Aunty Bidemi. »Ich fühle mich nicht sicher.«

Genau in diesem Augenblick ging der Strom aus. Wir standen erneut in völliger Dunkelheit, ohne

Kerzen oder Lampen. »Bleib hier«, wies ich Aunty Bidemi an. Ich wankte den Flur hinunter, noch immer wackelig auf den Beinen, die Hände gegen die Wand gepresst, um mich in der Dunkelheit zu orientieren. Ich musste zurück zu Remi gelangen.

Als ich die Tür erreicht hatte, konnte ich gerade so Esohes Umrisse neben meinem Bett ausmachen. Sie hatte mir den Rücken zugewandt.

»Was machst du hier?« Sie drehte sich langsam zu mir um. Sie hielt das Baby auf dem Arm. Ich konnte ihr Gesicht nicht erkennen.

»Ich habe den ganzen Lärm gehört und bin gekommen, um nach Omoregbe zu sehen.«

»Gib ihn mir.«

»Beruhige dich. Ich wollte nur – «

»Ich habe gesagt, gib ihn mir, sofort.«

Sie zögerte, übergab ihn dann jedoch an mich. Sie wäre auch nicht an mir vorbeigekommen, da mein Körper den gesamten Türrahmen ausfüllte.

»Was hast du für ein Problem? Ich wollte nur sichergehen, dass es ihm gut geht.«

»Du bist krank. Du bist ein vollkommen kranker Mensch. Und ich will dich nicht noch einmal in seiner Nähe sehen.«

»Fängst du jetzt schon wieder von dem Hühnchen an?«

»Geh zurück in dein Zimmer.«

»Aber – «

»Sofort!« Sie fixierte mich wütend und schob sich dann an mir vorbei, wobei ihr Körper kurz mit meinem in Berührung kam. Ich folgte ihr mit dem Baby in den Armen, bis sie wirklich zurück in ihrem Zimmer war. »Ihr seid diejenigen, die krank sind«, erklärte sie mir, ehe sie einen letzten Blick auf Remi warf und mir dann die Tür vor der Nase zuschlug.

Aunty Bidemi war noch immer im Flur. Zu ihren Füßen standen mehrere Kerzen und ein Eimer Wasser. Sie schrubbte die Wand mit einem großen Schwamm. Das hatte sie nicht verdient.

»Es tut mir leid«, sagte ich und stellte mich neben sie.

»Du hast das hier nicht getan«, erwiderte sie und beugte sich vor, um Remi einen sanften Kuss zu geben.

»Nein, aber … Ich hätte sie härter zurechtweisen können, als sie mit ihrem Unsinn anfing.«

»Ich habe Angst vor ihr, Bambi.«

»Kann ich dir nicht verdenken.«

»Wir müssen dafür sorgen, dass sie dem Baby nichts Schlimmes antut.«

»Komm, nimm du ihn erst mal. Ich … ich werde das restliche Blut beseitigen.« Sie wusch sich die

Hände in dem Eimer und trocknete sie an ihrer Schürze ab, dann hob sie das Baby aus meinen Armen. Bei mir dauerte es eine Stunde länger, als sie vermutlich gebraucht hätte, aber immerhin bekam ich das meiste von dem, was ich für Hühnerblut hielt, von der Wand runter. Als ich gerade fertig wurde, ging der Strom wieder an, und die Glühbirnen tauchten den Flur in ihr grellorangefarbenes Licht.

17

Esohe war an der Reihe, das Baby zu übernehmen, aber ich traute ihr nicht. Bei Aunty Bidemi hatte ich ihn gelassen – aber sie war, trotz all ihrer Fehler, auch nicht diejenige, die die Wände mit Blut beschmiert hatte.

Ich war also nicht allzu überrascht, als ich ein Klopfen hörte, und gleich darauf Esohe leise in mein Zimmer schlüpfte.

Sie hatte schon besser ausgesehen. Ihre Braids hingen lose und spröde herab, und ihr Gesicht war geschwollen – vom Weinen, wie ich vermutete –, aber es fiel mir schwer, mich auf ihr Gesicht zu konzentrieren, da sie nichts anderes trug als ein dünnes durchsichtiges Nachthemd.

»Was hast du da an?«

»Bitte«, sagte sie.

Sie kam zu mir ans Bett, wo ich in nichts als Boxershorts lag. Ich rutschte von ihr ab auf die hintere Seite des Bettes, aber das schien sie nur zu ermutigen, hineinzuklettern.

»Esohe!«, flüsterte ich. »Was machst du da?«

»Bitte, ich tue alles, was du willst.«

»Aunty Bidemi kann jeden Augenblick hereinkommen.«

»Es geht hier nicht um sie. Hier geht es um dich und mich.«

Sie rieb mir mit der Hand über den Oberschenkel und ließ einen Finger unter den Bund meiner Boxershorts gleiten. Mein Körper konnte nicht anders, als zu reagieren. Das Beste, was ich noch zustande bekam, war ein wenig überzeugendes »Esohe. Hör auf«.

»Letztes Jahr warst du nicht so schüchtern.«

Ich griff nach ihrem Handgelenk, hielt es fest und wartete darauf, dass sie zu mir aufblickte. »Ich dachte, du hättest begriffen, dass wir darüber nie wieder sprechen dürfen.«

»Deshalb habe ich auch nichts gesagt. Du kannst mir vertrauen«, beteuerte sie, bevor sie an meinem Ohrläppchen knabberte.

Ich begann, es in Erwägung zu ziehen. Wir könnten in zehn Minuten fertig sein. Meine Tante war mit dem Baby beschäftigt, sie hätte keinen Grund, hereinzuplatzen. Ich ergriff Esohes Kinn und drehte es zu mir, um sie zu küssen. Ihre Lippen waren weich und vertraut.

»Siehst du?«, stöhnte sie. »Wir passen gut zusammen, du und ich. Wir sollten nicht so viel streiten. Wir sollten zusammenarbeiten.«

Ich küsste sie erneut, legte meine Hände an ihre Oberschenkel und schob den Saum ihres Nachthemds hoch.

»Wir könnten eine Familie sein, weißt du – du, ich und das Baby.«

Mit einem Mal verließ mich das Verlangen. Ich schubste sie zurück. »Darum geht es dir also?«

Sie zuckte mit den Achseln. Ich war beleidigt. Was glaubte diese Frau, wer ich war? Ich hatte im Verlauf meines Lebens mit vielen Frauen geschlafen, aber sie alle waren willig gewesen. Mehr als willig. Ich hatte keine einzige von ihnen anbetteln oder bestechen müssen. Und jetzt glaubte diese Frau, ich würde ihr ein Baby geben, für dessen Sicherheit sie offensichtlich nicht garantieren konnte, nur weil sie mir einen Augenblick der Lust schenkte?

»Raus hier.«

»Aber, Bambi – «

»Bist du taub? Oder nur blöd? Ich sagte, raus hier!«

»Ich wusste nicht, dass du so böse bist«, fauchte sie, während sie vom Bett kletterte.

Sie knallte die Tür hinter sich zu.

Ich setzte mich auf den Rand meiner Matratze und massierte mir die Schläfen. Ich spürte Kopfschmerzen im Anmarsch. Neben mir vibrierte mein Telefon. Es hörte auf und fing dann wieder an. Und wieder. Ich gab mich geschlagen und blickte auf das Display: Es war Mide. Ein Funken Hoffnung keimte in mir auf. Es fühlte sich an, als wäre eine Ewigkeit vergangen, seit ich die Nacht friedlich und ruhig in ihrem kühlen Apartment durchgeschlafen hatte, während ihr nackter Körper neben mir lag. Vielleicht rief sie an, um mich zurück in dieses Paradies zu lassen.

»Hey – «

»Deine Brieftasche«, unterbrach sie mich.

»Was?«

»Du hast sie hier liegenlassen.«

»Oh.«

Meine Hoffnung schwand, meine Enttäuschung war vollkommen. Wie konnte sie es wagen, mich deswegen mit Anrufen und Nachrichten zu bombardieren? Ich hatte meine Brieftasche zugegebenermaßen bereits seit Tagen nicht mehr gesehen, aber ich brauchte sie derzeit auch nicht und hatte mir gedacht, sie würde früher oder später schon wieder auftauchen.

»Und was soll ich nun diesbezüglich tun?«, blaffte

ich sie an. »Soll ich etwa riskieren, mir das Virus einzufangen, indem ich zu dir fahre und dann noch mal hierher zurück?«

Mein Tonfall musste sie überrascht haben, denn sie schwieg für eine Weile.

»Ich wollte dir nur sagen, wo sie ist.«

»Okay, danke.« Ich legte auf.

18

Ich brauchte eine Tasse Kaffee, dringend, aber der alte Bungalow hatte einen solchen Luxus nicht zu bieten. Eine Flasche Bier würde es auch tun. Auf dem Weg in die Küche hörte ich Klappern und Knallen aus Esohes Zimmer. Ich ging weiter. Sie hatte offensichtlich irgendeine Art von Wutanfall, mit dem ich nichts zu tun haben wollte. Als ich in die Küche kam, holte ich eine Flasche aus dem Kühlschrank und öffnete sie an der Kante der Küchentheke. Ich nahm einen großen Schluck, in der Hoffnung, der Alkohol möge helfen, meinen Ärger zu besänftigen. Ich blickte aus dem Küchenfenster und sah den Palmen zu, wie sie in der Brise schaukelten. Ich nahm einen weiteren großen Schluck Bier.

Es wäre friedlich gewesen, wenn nicht der Lärm aus Esohes Zimmer das gesamte Haus erfüllt hätte.

Auf dem Weg zurück in mein Zimmer schlug ich mit der Hand gegen ihre Tür und rief: »Wirst du wohl damit aufhören?!«

»Die alte Hexe hat mich eingeschlossen!« Sie rüttelte von innen am Türgriff. Ich versuchte es selbst. Es stimmte. Sie war eingesperrt. »Hilf mir!«

»Bist du dir sicher, dass du dich nicht versehentlich selbst eingeschlossen hast?«

»Ich habe keine Schlüssel für dieses beschissene Haus!«

»Okay, okay. Hör einfach auf zu schreien. Ich werde mit ihr sprechen.«

Aunty Bidemi badete Remi gerade. Sie stützte seinen Kopf mit einer Hand und strich ihm sanft mit einem Schwamm über die Haut. Remi entwickelte langsam Speckröllchen, zwischen denen sie würde entlangfahren müssen. Er sah aus wie ein Sumo-Ringer. Ich setzte mich auf den Rand der Badewanne, schaufelte ein wenig Wasser mit der Hand und träufelte es Remi über den Kopf. Er blickte lächelnd zu mir auf.

Dann wandte ich mich an Aunty Bidemi. »Hast du Esohe in ihrem Zimmer eingesperrt?«

Sie erwiderte meinen Blick nicht. Stattdessen drehte sie Remi auf den Bauch und begann, seinen Rücken zu waschen.

»Ja«, antwortete sie schließlich. »Sie ist gefährlich, Bambi.«

»Du kannst sie trotzdem nicht einfach einsperren.«

»Sollen wir warten, bis sie dem Baby etwas angetan hat?«

Ich machte den Mund auf, um zu antworten, doch mir entwich nur ein Gähnen. Was sollte ich auch sagen? Aunty Bidemis Logik war bestechend. Ich dachte an die unbekannte Person, deren Anwesenheit ich in der Nacht in meinem Zimmer gespürt und die mich geweckt hatte. Vielleicht war es ein Traum gewesen, vielleicht aber auch nicht. War es nicht besser, auf Nummer sicher zu gehen?

»Ich hätte sie längst hinauswerfen sollen. Ich habe gesehen, wie sie sich in dein Zimmer geschlichen hat. Diese Schlampe!«

Ich räusperte mich. »Wir … ich … wir haben nichts gemacht.«

»Ich weiß. Ich habe vor deiner Tür gewartet. Sie war nur ein paar Minuten drinnen. Du bist nicht wie dein Onkel. Du bist besser als er. Du fällst nicht auf ihre Tricks herein.«

Sie tauchte den Schwamm erneut ins Wasser und strich damit über Remis Haut. Ihre Bewegungen hätten beruhigend wirken sollen, aber ihr Tonfall war so bitter, dass ich ihn ihr aus dem Arm nehmen wollte. Sie wickelte ihn in ein weißes Handtuch und gab ihm einen Kuss auf die Stirn. Mein eigener Kopf pochte noch immer.

»Ich brauche Paracetamol oder Ibuprofen oder etwas in der Art.«

»Sieh in der dritten Schublade neben dem Kühlschrank nach.«

Ich ging zurück in die Küche. Esohe war ruhig, zweifellos, weil sie darauf wartete, dass ich sie rettete. Ich fand die Tabletten in der vierten Schublade, außerdem eine kleine Flasche Whisky von meinem Onkel auf der Arbeitsplatte. Ich nahm beides mit in mein Zimmer.

19

Esohe brauchte nicht lange, um zu bemerken, dass keine Hilfe kam.

Ich saß mit Aunty Bidemi und dem Baby im Wohnzimmer, als sie anfing, zu schreien und kreischen. Aunty Bidemi zuckte noch nicht einmal mit der Wimper. Ich versuchte, so zu tun, als würde mich der Lärm ebenso wenig stören. Ich blätterte eine Seite einer Zeitschrift um, die ich vom Couchtisch genommen hatte. Esohe begann erneut, gegen die Tür zu trommeln. Es klang, als würde sie dagegentreten. Meine Tante trank ihren Tee.

»Remi sieht dir sehr ähnlich, weißt du das? Er hat deine Nase.«

Langsam sah ich es auch. Er hatte tatsächlich meine Nase, und ich fand, die Wölbung seiner Stirn könne auch von mir stammen. »Es ist die Nase meines Großvaters«, erklärte ich ihr.

»Wie ich gehört habe, ist es gelungen, die Kurve des Virus abzuflachen«, bemerkte sie.

»Hmmm.«

»Bald werden wir wieder zur Normalität zurückkehren.«

»Sicher. Ja.« Ich hätte es nicht für möglich gehalten, aber Esohes Schreie wurden sogar noch lauter.

»Wie geht es dieser jungen Frau, mit der du zusammen bist? Die mit dem Schönheitsfleck? Wie hieß sie noch gleich?« Es tat nichts zur Sache, wie sie hieß. Die Frau, von der meine Tante sprach, war meine vorletzte Freundin gewesen.

»Ich habe mit ihr Schluss gemacht.«

»Oh? Okay. Aber du solltest bald darüber nachdenken, dich zu binden. Such dir eine nette Frau und heirate sie.«

»Ich muss mal auf die Toilette«, sagte ich.

In meinem Zimmer war das Geräusch von Esohes Schreien ein wenig gedämpfter. Ich steckte mir meine Kopfhörer in die Ohren, wusste jedoch, dass er immer noch da war: der Lärm, der mich erwarten würde, sobald ich die Musik ausmachte. Ich schenkte mir einen Fingerbreit Whisky ein und schluckte ihn mit zusammengezogenem Gesicht hinunter. Meine Kopfschmerzen waren nur stärker geworden. Sie musste aufhören, so einen Krach zu machen. Ich verstand nicht, wie Aunty Bidemi das aushielt.

Ich rieb mir die Augen. Ich hatte den Überblick darüber verloren, welcher Tag und wie spät es gerade war. Lebte ich nicht eigentlich schon immer in dem alten Bungalow? Wenn die Frauen so weitermachten, würden sie dafür sorgen, dass ich mich bald weit älter als achtundzwanzig fühlte. Ich musste Esohe endlich beweisen, dass sie nicht die Mutter war. Vielleicht würde sie sich dann wieder normal verhalten.

Meine Schwester war keine Hilfe, sie hatte das Bild immer noch nicht geschickt. Ich rief meinen Schwager an. Wir waren nicht gerade begeistert voneinander – man konnte wohl kaum von mir erwarten, dass ich mich mit einem Arsenal-Fan anfreundete –, aber verzweifelte Situationen erfordern verzweifelte Maßnahmen.

Er ging beim zweiten Klingeln dran und fragte: »Sie hat es dir schon erzählt?«

»Mir was erzählt?«

»Oh. Egal. Was ist los?« Seine Reaktion auf meinen Anruf brachte mich für einen Moment aus dem Konzept, aber so neugierig war ich dann doch nicht auf die Einzelheiten aus dem Leben meiner Schwester. Wenn sie wollten, dass ich erführe, worum es ging, würden sie mich schon irgendwann informieren. Ich hoffte, es wäre nicht die Nachricht, dass sie erneut schwanger sei. Hatten die beiden noch nie etwas von Verhütung gehört?

»Ich brauche deine Hilfe, Kumpel.«

»Ich bin gerade pleite, Mann.« Als ob ich ihn jemals um Geld gebeten hätte. Ich atmete tief ein und blies die Luft dann aus meinen Nasenlöchern.

»Hey, *ich* bin nicht pleite. Ich brauche deine Hilfe bei etwas anderem. Auf dem Telefon deiner Frau gibt es ein Bild meines Cousins. Und meine Aunty sagt, sie will ein Album mit all den Bildern von ihm seit seiner Geburt zusammenstellen. Sie nervt mich ständig damit.«

»Dann frag Bukky.«

»Du kennst doch deine Frau, sie sagt zwar ja, aber sobald die Kinder irgendetwas brauchen, vergisst sie alles andere.«

»Dann hast sogar du das schon gemerkt. Ich bin mit ihr verheiratet und muss ständig um ihre Aufmerksamkeit kämpfen.« Ich verdrehte die Augen. Wann hatten erwachsene Männer nur angefangen, ihre Kinder als Rivalen anzusehen? Aber dies war der Mann, den sie sich ausgesucht hatte. Ich würde es niemals begreifen. Ich meine, er war Arsenal-Fan. Das sagte etwas über den Charakter dieses Mannes.

»Du musst einfach nur auf ihrem Telefon nach einem Bild für mich suchen. Das war's. Sei so gut und schick's mir einfach.«

Er willigte vor allem ein, um mich loszuwerden. Aber ich wusste, dass er es tun würde. Von den beiden, meine Schwester und mein Schwager, war er der Verlässlichere.

Eine Stunde später vibrierte mein Telefon. Er hatte die Bilder geschickt. Sie kamen zwar über den WhatsApp-Account meiner Schwester, aber ich wusste, dass er derjenige war, der ihr Telefon durchforstet und sie mir weitergeleitet hatte. Es waren drei Fotos. Eins war ein Ultraschallbild. Die anderen beiden zeigten das Baby als Neugeborenes. Seine Augen waren geschlossen, und es hing an allen möglichen Geräten.

Am Gesicht konnte ich nicht genau erkennen, ob es sich um Remi handelte oder nicht. Ich hatte gehofft, ich könnte das gelbe Muttermal an seinem Bauch sehen, aber das Bild konzentrierte sich auf das Gesicht des Babys und war außerdem etwas verschwommen.

Darüber hinaus war ich auch noch nie in der Lage gewesen, ein Baby anzuschauen und zu sagen, wem es ähnlich sah. Für mich sahen alle Babys gleich aus. Ihre Augen waren ständig geschlossen, sie hatten keine Augenbrauen und kaum Haar. Sie wirkten nie, als wären sie freiwillig hier. Sie kamen in unterschiedlichen Farben, aber das war es auch schon.

Außerdem war Remi mittlerweile größer, hatte mehr Speck.

Auf dem Ultraschallbild war ein Datum vermerkt, aber ich war mir nicht sicher, ob mir das weiterhelfen würde. Manche Babys kamen zu früh, andere zu spät, so viel wusste ich. Wenn ich zurückrechnete, könnte das Baby auf dem Bild sicherlich Remi sein. Genauso gut aber auch nicht.

Dennoch könnte sich das Bild als nützlich erweisen. Und sei es nur, um Esohe Angst einzujagen. Oder Aunty Bidemi. Ich nahm einen letzten Schluck aus der Whiskyflasche.

20

Ich wachte mit einem Ruck auf, weil ich Remi schreien hörte. Und das war kein normaler Schrei. Ich machte mich auf zu Aunty Bidemis Zimmer und hämmerte gegen die Tür. Sie öffnete sie eine Minute später in einem roten Seidenumhang. Er stand offen, so dass ich eine ihrer stark von Venen durchzogenen Brüste sehen konnte. Ich wünschte, sie würde sich ordentlich bedecken. Das Baby schlief an ihrer Schulter.

»Geht es ihm gut?«

»Warum sollte es ihm nicht gut gehen?«

»Er hat geschrien …«

»Was? Das hat er selbstverständlich nicht. Er schläft, sieh doch.«

»Ich habe ihn gehört. Ich habe ihn schreien hören.«

»Geht es dir gut?«, fragte sie.

»Ja! Bist du dir sicher, dass er nicht geschrien hat?«

»Sieht er für dich aus, als würde er schreien?«

Sie hielt ihn mir hin. Er hätte nicht friedlicher

aussehen können. Dennoch konnte ich mein Unbehagen nicht abschütteln.

»Wie auch immer, es war abgemacht, dass ich mich nachts um ihn kümmere.«

»Schön. Ich bin sowieso müde.« Sie legte ihn mir sanft in die Arme, ehe sie die Tür zuknallte.

Der Knall weckte Remi auf, und er fing an zu protestieren, sobald wir mein Zimmer betraten. Ich lief von einer Ecke des Zimmers in die andere, um ihn zum Einschlafen zu bringen, aber er dachte nicht daran. Ich war noch immer todmüde. Ich konnte mich nicht mehr erinnern, wann ich zum letzten Mal eine Nacht durchgeschlafen hatte. Er fing an zu weinen.

Ich sang ihm alle Kinderlieder vor, die ich kannte, bis er sich beruhigt hatte, dann hob ich seinen Hintern an meine Nase. Ja, dort ging eindeutig etwas Unschönes vor sich. Zum Glück hatte ich mittlerweile einen Vorrat an Windeln in meinem Zimmer.

Er war geduldig mit mir, während ich ihn von seinem Strampler befreite. Als ich seine Windel öffnete und stöhnte, grinste er mich an. Der Junge trank nur Milch, ich hatte nicht mit so viel Scheiße gerechnet.

Sein Körper war mittlerweile größtenteils dunkelbraun und wurde täglich brauner. Der gelbe Fleck auf seinem Bauch änderte seine Farbe jedoch nicht. Er sah ein bisschen aus wie eine Landkarte von Afrika. Ich erklärte ihm, das liege daran, dass er von Königen abstammte.

Als ich mit einer neuen Windel zum Bett zurückkehrte, begrüßte Remi mich mit einem Urinstrahl, der in hohem Bogen meine Lippen traf.

»Danke schön«, sagte ich, »Pipi war genau das, was mir in meiner Ernährung bislang gefehlt hat.«

Ich wischte uns beide mit Feuchttüchern ab und brachte es fertig, ihn zu pudern und einzuwickeln, ohne ein zweites Mal angepinkelt zu werden.

Esohe hatte erneut begonnen, zu schreien. Ich konnte hören, wie sie an der Tür rüttelte und brüllte, wir sollen sie rauslassen. Wir hielten sie seit Stunden dort drinnen eingesperrt. Sie musste erschöpft sein, schrie jedoch weiter.

Remi starrte mich mit großen, dunklen Augen an, als wollte er, dass ich ihm erkläre, was gerade mit ihm passierte. Ich wusste, dass er Esohe hören konnte, da er sich manchmal in Richtung des Geräuschs drehte. Ich klappte meinen Laptop auf und spielte Lieder von einem Kinderkanal auf YouTube, zu denen ich tanzte, um ihn und mich selbst abzulenken.

Da die Musik laut genug war, um Esohes Stimme zu übertönen, brauchte ich eine Weile, um zu bemerken, dass meine Schwester mich anrief.

»Hallo?« Sie weinte. Ich hatte sie seit Jahren nicht mehr weinen hören. Von dem Geräusch verknotete sich mir der Magen. »Was ist los?«

»Warum hast du ihm gesagt, er solle mein Telefon durchsuchen?«

»Wem gesagt … warte … Tunde? Ich habe ihm nicht gesagt, er solle es durchsuchen. Er sollte mir nur das Bild schicken.«

»Schön, aber er hat es durchsucht. Und er hat ein paar Bilder gefunden.«

»Was für Bilder?«

»Du weißt schon!«

»Und warum scheißt du mich an?«

»Weil nichts davon passiert wäre, wenn du dich nicht eingemischt hättest.«

»Woher hätte ich denn wissen sollen, dass du deinen Mann betrügst?« Noch als ich es aussprach, fragte ich mich, wie viel Schuld ich wohl an den Taten meiner Schwester trug. Was für ein Vorbild war ich ihr gewesen, und was würde nun geschehen? Männer vergaben einer Frau, die fremdging, so gut wie nie. Ich bezweifelte, dass ich selbst besonders nachsichtig wäre.

»Ich betrüge ihn nicht. Ich … das waren nur Bilder. Nur von mir. Und ich habe nur eines von ihnen verschickt. Ich hätte kein einziges verschicken sollen, aber mir war auch sofort klar, dass es ein Fehler war.«

»Du hast die Bilder nicht gelöscht?«

»Nicht jeder ist so ein Profi wie du!«

Ich erinnerte mich daran, dass Bukky keine Ahnung hatte, dass ich aufgrund von Fotos und Nachrichten, die ich zu löschen vergessen hatte, von meiner Freundin hinausgeworfen worden war. Aber ich bezweifelte, dass sie sich besser fühlen würde, wenn ich es ihr nun erzählte.

»Was mache ich denn jetzt, Bambi?«

»Beruhig dich. Wie hat er reagiert?«

»Er hat geschrien und geschrien. Und dann hat er mich aus dem Schlafzimmer gesperrt. Die Kinder sind total traurig und verwirrt. Und, Bambi, ich bin schwanger. Ich weiß nicht, was ich tun soll.« Ich hatte keine Hand frei, um mir die Stirn zu massieren. Ich versuchte, mich aufs Bett zu setzen, aber Remi protestierte. Er wollte eindeutig, dass wir stehen blieben.

»Lösch alle Beweise«, sagte ich.

»Ich habe dir doch eben gesagt, dass er sie schon gesehen hat.«

»Und er wird verlangen, sie noch einmal zu sehen. Lösch jedes unanständige Bild, jede zweideutige Nachricht, einfach alles, was in bestimmter Weise interpretiert werden kann. Wenn er sich beruhigt hat, musst du herunterspielen, was er gesehen hat. Er wird es sich nicht noch einmal ansehen können, also wird er anfangen, an sich selbst zu zweifeln.«

»Gibst du Seminare in so was?«

»Ich versuche nur, dir zu helfen, Bukky.« Sie schwieg und fing dann erneut an zu weinen. »Versprich ihm, dass er vollen Zugang zu deinem Telefon haben kann. Wenn du denkst, er könnte dir das abkaufen, kannst du auch behaupten, du hättest sie für ihn aufgenommen. Er hat die eigentliche Nachricht nicht gesehen, oder?«

»Nein. Nur die Bilder.«

»Okay, dann kannst du ihn davon überzeugen, dass du sie für ihn aufgenommen hast, oder nur für einen billigen Nervenkitzel, aber absolut keine Intentionen hattest, sie an einen anderen Mann zu senden. Kapiert?!«

»Ich weiß nicht, ob ich lügen möchte, Bambi.«

»Du bist ein besserer Mensch als ich, Buks. Das bist du schon immer gewesen. Aber ich denke nicht, dass dies der richtige Zeitpunkt für Ehrlichkeit ist.«

»Deine Ratschläge sind fürchterlich.«

»Kriegst du das hin?«

Sie schniefte. »Ich denke schon. Vielleicht.«

21

An ihrem zweiten Tag eingesperrt im Zimmer hörte Esohe auf zu schreien. Tatsächlich kam überhaupt kein Geräusch mehr aus ihrem Zimmer. Ich klopfte und rief ihren Namen. Keine Antwort. Sie musste noch immer dort drinnen sein: Es gab keinen anderen Weg hinaus. Die Fenster hatten ein Sicherheitsgitter – um Diebe draußen und Esohe drinnen zu halten.

»Sie blufft nur«, sagte Aunty Bidemi, als ich sie nach dem Schlüssel fragte. Sie wusch auf der Treppe im Garten Wäsche. Die Waschmaschine war kaputtgegangen. Zwischen ihren Beinen stand eine riesige blaue Schüssel, in der Remis Kleidung herumschwamm. Hin und wieder griff sie nach einem Stück, besprenkelte es mit Waschpulver und rieb es kräftig mit den Händen durch. Zwischendurch legte sie immer wieder Pausen ein, um sich den Schweiß von der Stirn zu wischen.

Ich konnte nicht verstehen, weshalb sie sich ausgerechnet diesen Zeitpunkt ausgesucht hatte, um unter freiem Himmel Wäsche zu waschen. Die Sonne hatte ihre höchste Intensität erreicht. Ich war erst seit fünf Minuten draußen, konnte jedoch bereits die Schweißflecken unter meinen Achseln spüren.

»Ich kann das Risiko nicht eingehen. Hast du ihr irgendetwas zu essen gegeben?«

»... Nein.«

»Aunty Bidemi, gib mir den Schlüssel.«

»Ich denke nur an das Baby.«

»Also planst du, Esohe gefangen zu halten, bis der Lockdown vorbei ist?«

»Du hast mir zugestimmt, dass sie gefährlich ist.«

»Sie braucht Nahrung und Wasser! Gib mir den Schlüssel.«

Sie zuckte nur mit den Achseln und wusch weiter.

Ich ließ sie stehen und ging in ihr Zimmer, in der festen Absicht, es wenn nötig auf den Kopf zu stellen, aber dort angekommen, wurde mit bewusst, dass ich den Schlüssel niemals finden würde. In ihrem Schrank lagen stapelweise gefaltete traditionelle Gewänder. Sie könnte den Schlüssel überall hineingeschoben haben. Oder er könnte in einer der vielen Tragetaschen stecken, die sie mit Krimskrams vollgestopft hatte. Und dabei ging ich noch davon aus, dass sie ihn in ihrem Zimmer aufbewahrte. Ich würde Tage brauchen, um das ganze Haus gründlich zu durchsuchen. Ich war gezwungen, mit leeren Händen zu ihr zurückzukehren.

»Was kann ich tun, um dich zu überreden, mir den Schlüssel zu geben?«

»Du magst sie.«

»Was?!«

»Ihr Männer benehmt euch wie Dummköpfe, sobald es um ein junges Mädchen geht.«

»Sie ist nur drei Jahre jünger als ich, Aunty Bidemi. Und ich hege keinerlei Gefühle für sie.«

»Dann lass sie dort drin.«

»Aunty Bidemi, hör mir zu. Ich werde diese Tür aufbekommen. Du kannst mir also den Schlüssel geben, dann öffne ich sie wie ein zivilisierter Mensch. Oder du behältst ihn und zwingst mich dazu, sie einzutreten.«

Sie war gealtert. Ich bemerkte es an den vielen Linien und Falten, als sie ihr weiches Gesicht zu dem düstersten Ausdruck zusammenzog, den ich je bei ihr gesehen hatte. Sie tauchte ihre Hand in die Spalte zwischen ihren Brüsten und zog den Schlüssel hervor. Ich nahm ihn entgegen. Er war warm.

22

Als ich hineinkam, saß Esohe ruhig auf dem Bett.

In ihrem Zimmer roch es stark nach ihrem Zimtduft und einem Insektizid. Auf dem Fußboden, auf dem Stuhl und auf ihrem Bett lagen Kleidungsstücke, ihre und Remis. Auf ihrem Schminktisch standen eine Schüssel mit Erdnussschalen sowie ein paar leere Weinflaschen. Mir war nicht bewusst gewesen, dass sie so viel trank. Ich bemerkte, dass neben ihr auf dem Bett zwei halbvolle Babyfläschchen lagen. Sie sagte nichts zu mir. Sie saß einfach nur da und schaute starr geradeaus. Ich hatte wahrscheinlich erwartet, dass sie zur Tür rennen würde.

»Sie wird dich nicht noch einmal einschließen. Ich habe jetzt den Schlüssel.«

Esohe schnaubte verächtlich.

»Geht es dir gut?«

»Wie kann es mir gut gehen?«

»Tut mir leid, Esohe, aber du hast uns keine andere Wahl gelassen. Du hast Sand in unser Essen getan. Du bist in mein Zimmer gekommen, während ich schlief – ich bin mir ziemlich sicher, dass du das warst. Du hast die Wand mit Blut beschmiert …«

»Blut? Das mit dem Sand im Reis gebe ich ja zu. Ich war wütend. Aber ich habe nichts mit irgendwelchem Blut angestellt. Das schwöre ich!«

»Esohe …«

»Warum sollte ich lügen? Mann! Ihr habt mich doch schon hier eingesperrt. Ihr habt mich davon abgehalten, mein Baby zu sehen. Ihr habt mich bereits verurteilt, für schuldig befunden und bestraft! Was würde es mir bringen, jetzt noch zu lügen?«

Das war ein gutes Argument. Sie hatte nichts mehr zu verlieren, wenn sie nun die Wahrheit sagte. Aber wenn sie es nicht getan hatte … Erwartete sie etwa von mir, dass ich glaubte, Aunty Bidemi, die auf den Knien gesessen und das Blut mit zitternden Händen abgeschrubbt hatte, sei die Schuldige?

Unsere Blicke trafen sich, und sie schüttelte langsam den Kopf.

»Bitte geh aus meinem Zimmer. Ich möchte jetzt ein Bad nehmen.«

»Esohe …«

»Oder willst du mir hinterherlaufen? Willst du mir zusehen, wie ich bade?«

Ich ließ den Schlüssel auf ihren Schminktisch fallen und verließ das Zimmer.

23

Mide rief mich erneut an. Langsam fühlte es sich an, als sei sie Teil eines ganz anderen Lebens. Es war erst eine Woche vergangen, aber es hätten ebenso gut sechs Monate sein können. Ich hatte Schwierigkeiten, mich an ihren Zitrusduft zu erinnern, daran, wie sich ihre Haut anfühlte. Die letzten drei Male, die sie es bei mir probiert hatte, war ich nicht rangegangen, aber jetzt klingelte es schon wieder. Sie war offensichtlich erpicht darauf, mich zu sprechen. Ich nahm den Anruf an.

»Hey.«

»Hey, was ist los?«

»Ich … ich wollte nur mal nach dir hören. Mir ist bewusst geworden, dass ich ja noch nicht einmal weiß, wo du gerade untergekommen bist.« Machte sie sich Sorgen, ich könnte bei einer anderen Frau wohnen? Wieso war *ich* da nicht draufgekommen?

»Warum ist es wichtig, wo ich gerade wohne?«

»Hör mal, du musst nicht gleich arschig sein!«

»Ich habe bloß eine einfache Frage gestellt.«

»Klar.«

Sie sagte nichts mehr, legte aber auch nicht auf. Sie wartete darauf, dass ich die Spannung zwischen uns durch einen lockeren Spruch auflöste, aber Esohes Worte lasteten zu schwer auf meinen Gedanken. *Was würde es mir bringen, jetzt noch zu lügen?* Ich dachte an das Baby, das gestorben war. Und an Aunty Bidemi, die Remi mit ihren großen Brüsten stillte.

»Bist du noch da?«

»Was? Äh, ja. Ja, ich bin hier. Hey, Mide, hör mal. Ich habe eine Frage.«

»Ja?«

»Wenn eine Frau ihr Baby nicht stillt, wie lange bleibt die Milch dann in ihren Brüsten?«

»Was zur Hölle ist das denn für eine Frage?«

»Bitte antworte mir einfach.«

Sie schwieg einen Augenblick. »Wahrscheinlich höchstens zwei Wochen.«

»Bist du dir sicher?«

»Jup. Ziemlich sicher.«

»Kann sie, na ja, später wieder zurückkommen?«

»Vielleicht … Ich weiß es nicht. Vielleicht solltest du es googeln. Ich kenne niemanden, der das gemacht hat. Was ist denn bei dir los, Bambi? Warum fragst du mich nach Babys?«

»Ich bin nur neugierig.«

Sie legte auf, zweifellos wütend.

Ich sah nach der Uhrzeit, 15:50 Uhr, Remi würde bald etwas zu essen benötigen. Er trank noch immer Milch aus der Flasche, aber so, wie er mich anstarrte, wenn ich etwas aß, war es womöglich langsam an der Zeit, dass sie ihm feste Nahrung gaben. Aunty Bidemi war nicht in ihrem Schlafzimmer, also ging ich ins Wohnzimmer. Ich konnte sie singen hören.

Nur war es nicht Aunty Bidemi, die sang. Esohe wiegte Remi in den Armen. Sie blickte nicht auf, als ich hereinkam, da sie zu beschäftigt damit war, an seiner Haut zu schnuppern. Ich wusste, dass sie ihn seit Tagen nicht gehalten hatte, und er schien auch nicht in Gefahr zu sein, dennoch verspürte ich den starken Drang, ihn ihr wegzunehmen.

Aber ehe ich etwas sagen konnte, bemerkte ich Aunty Bidemi zu meiner Rechten, die sich auf dem Sofa zurückgelehnt hatte und einen Liebesroman las. Sie hielten sich gemeinsam im selben Raum auf, und keine riss der anderen die Haare aus. Der Anblick, so friedlich er auch sein mochte, machte mich nervös.

»Hey …«

Esohe hob kurz den Kopf, um mich anzulächeln, aber Aunty Bidemi rührte sich nicht. Sie blätterte eine Seite ihres Romans um. Remi fing an zu zappeln und weinen. Esohe sang weiter.

»Wahrscheinlich hat er Hunger«, bemerkte Aunty Bidemi hinter ihrem Buch hervor. »Möchtest du ihn füttern, Esohe?«

»Ja, Aunty.« *Aunty?*

Esohe nahm die Flasche aus dem Flaschenwärmer und setzte sich, wobei sie das Baby zur Seite neigte, um es zum Füttern bereit zu machen. Ich fühlte mich wie ein Idiot, wie ich einfach nur dastand und sie anstarrte, aber ich traute mich auch nicht recht, wieder zu gehen. Zwischen diesen beiden Löwinnen war Remi völlig schutzlos. Ich setzte mich auf einen der halb eingestaubten Sessel, lehnte mich zurück und nutzte die Gelegenheit, meine E-Mails und Nachrichten zu checken. Mide hatte mir eine ellenlange Tirade darüber geschickt, dass sie jemand viel Besseres als mich finden könne. Ich ignorierte sie und schickte eine kurze Nachricht an Bukky, um zu hören, ob es ihr gut ging.

»Ich muss Remis Windel wechseln«, sagte Esohe.

»Die Windeln sind in meinem Zimmer«, erwiderte Aunty Bidemi. Ich riss den Kopf so schnell nach oben, dass ich mir dabei den Hals verrenkte.

»Okay. Danke, Aunty Bidemi.«

Esohe ging mit Remi aus dem Zimmer.

»Was zum Teufel ist hier los?«, zischte ich.

»Was denn?«

»Du hast auf einmal kein Problem mehr mit Esohe?«

»Oh. Ja. Sie ist zur Vernunft gekommen.«

»Was meinst du damit?«

»Sie hat akzeptiert, dass Remi mein Kind ist.«

»Das ergibt doch keinen Sinn …«

»Bitte, ich versuche zu lesen.«

Sie widmete sich wieder ihrer Liebesschnulze, und ich ging unser Gespräch im Kopf noch einmal durch. Esohe war zur Vernunft gekommen? Ich glaubte kein Wort davon. Ich stand auf und ging sie suchen. Esohe prustete auf Remis Bauch, während er auf der Wickelunterlage herumwackelte. Als er aufblickte und mich sah, lächelte er. Es wäre ein süßer Anblick gewesen, hätten die Alarmglocken in meinem Kopf nicht so laut geschrillt.

»Wie geht es ihm?«

»Ihm geht es gut. Er hat eine Menge gekackt. Nicht wahr? Ja. Ja, das hast du.«

»Es muss schön sein, ihn wieder auf dem Arm halten zu können.«

»Das ist es. Aunty ist sehr freundlich zu mir.« Sie gab ihm einen Kuss auf die Stirn, dann drehte sie ihn auf den Bauch und puderte ihm den Hintern ein.

»Esohe. Was geht hier vor sich?«

»Wie meinst du das?«

»Gestern Abend hast du mir noch erzählt, er sei dein Baby. Und jetzt sagst du, dass Remi ihr Kind ist?«

»Ich habe einen Fehler begangen. Menschen dürfen Fehler machen.«

»Verkauf mich nicht für dumm, Esohe.«

»Das tue ich nicht.«

»Ich habe ein Bild von Aunty Bidemis Baby. Ich kann nicht sicher sagen, ob es Remi ist oder nicht. Aber ich bin bereit, dich anzuhören.«

Sie lachte. »Dazu bist du bereit? Ich Glückliche!«

»Ich möchte die Wahrheit erfahren, Esohe.«

Sie hob Remi von der Wickelunterlage und zog eine Augenbraue hoch. »Du bist der einzige Mensch, der die Wahrheit nicht kennt.«

24

Ich lehnte meinen Kopf gegen die Wand in meinem Zimmer. Sie war heiß. Die Sonne erhitzte das gesamte Haus. Und der Strom war schon wieder ausgefallen. Es war, als lebten wir im Mittelalter. Ich nahm einen Schluck aus einer Wasserflasche, während ich mit geschlossenen Augen auf meinem Bett saß.

War das bereits Meditation? Sich zu erlauben, einfach nur ruhig da zu sitzen und nicht auf die Zeit zu achten? Und es war nur sehr wenig Zeit. Welche Art von Waffenstillstand sie auch vereinbart haben mochten, er würde nicht lange andauern, da war ich mir sicher. Ich atmete tief ein …

Aunty Bidemi platzte in mein Zimmer. Ich ließ den Atem entweichen.

»Esohe hat mir erzählt, du hättest sie aufgefordert zu sagen, sie sei die Mutter von Remi.«

»Das habe ich nicht getan.«

»Sie hat behauptet, du hättest ein Foto, das beweist, dass ich nicht seine Mum bin!«

»Aunty Bidemi, ich will nicht streiten – «

»Du bedrohst mich und mein Kind und sagst mir, du willst nicht streiten?«

»Ich sorge mich genauso sehr um Remi wie – «

»Ich dachte, Esohe wäre das Problem in diesem Haus, aber mir war nicht bewusst, dass die Schlange aus meiner eigenen Familie kommen würde.«

»Aunty, ich weiß nicht, weshalb er versucht, Ärger zu machen.« Esohe lehnte im Türrahmen und sah mich selbstgefällig an. Dann stellte sie sich neben Aunty Bidemi. Sie überragte sie deutlich, stand aber so nah an ihrer Seite, dass die beiden wie ein zweiköpfiges Ungeheuer aussahen. »Es geht ihn ja noch nicht einmal etwas an.«

»Moment mal«, blaffte ich sie an. »Natürlich geht es mich etwas an. Remi ist mein – «

»Remi ist was?«

»… mein Cousin.«

»Ist es das, was du sagen wolltest? Oder hast du angefangen zu glauben, du wärst sein Daddy?«

»Esohe, reiß dich zusammen!«, warnte ich sie.

»Geht es bei der ganzen Sache etwa darum? Hast du nachgezählt, wie viele Monate vergangen sind, seit wir süße Liebe gemacht haben?« Ich stand auf, auch wenn ich keine Ahnung hatte, was ich tun konnte, um sie zum Schweigen zu bringen, außer sie zu erwürgen. Sie lachte. »Na ja, vielleicht bist du ja der Daddy. Vielleicht aber auch nicht. Aber du kannst ein Baby nicht einfach für dich beanspruchen, weißt du. Wir leben nicht im Jahr tausend vor Christus!«

Aunty Bidemi blickte von Esohe zu mir und wieder zurück. »Wovon redest du, Esohe?«

»Aunty, vor beinahe einem Jahr haben Bambi und ich eine ganz besondere Nacht miteinander verbracht. Stimmt das etwa nicht, Bambi?« Sie hatte sogar die Frechheit, mir zuzuzwinkern.

»Ist das wahr, Bambi?«, fragte Aunty Bidemi.

»Nein. Sie ist durchgedreht.«

»Ich kann es beweisen«, triumphierte Esohe. »Er hat ein Tattoo, von so einer Art Schiff.«

Es war nicht das erste Mal, dass ich den Tag bereute, an dem ich die Mutprobe angenommen und zugelassen hatte, dass ich tätowiert wurde. Meine Freunde hatten sogar ausgewürfelt, wohin ich welches Motiv verpasst bekommen sollte. Ich konnte mich jedoch kaum beschweren, immerhin war ich auch für eine Menge ihrer peinlichsten Momente verantwortlich. In jedem Fall hatte ich es noch nie so sehr bereut wie in diesem Augenblick. Als Mann, der sich gern mit verschiedenen Frauen vergnügte, war es nicht ratsam, irgendwelche besonderen Merkmale zu haben. Man wollte nichts, das eine Frau als Beweis verwenden konnte, so wie Esohe es gerade tat.

»Wo ist dieses Tattoo?«, verlangte Aunty Bidemi zu erfahren.

Esohe grinste. »Dafür muss er seine Hose ausziehen.«

»Lass sie runter«, schnauzte meine Tante mich an.

»Wie bitte?«

»Ich sagte, lass die Hose runter!«

»Das werde ich nicht tun.«

»Warum solltest du nicht beweisen wollen, dass du nicht mit der … Geliebten deines Onkels geschlafen hast?«

»Das sollte ich nicht tun müssen. Und außerdem, selbst wenn ich dieses Tattoo hätte, und ich sage nicht, dass es so ist, könnte sie es auch gesehen haben, als ich mich angezogen habe. Du hast doch mitbekommen, dass sie versucht hat, sich mir aufzudrängen!«

»Lügen haben kurze Beine«, neckte Esohe mich. »Zeig uns dein großes Schiff, Bambi. Es ist dort, Aunty, an seinem Oberschenkel.«

»Lass deine Hose runter!«, brüllte meine Tante.

Mein Oberschenkel? Ich band die Kordel meiner Jogginghose auf und zog sie nach unten. Ich zeigte ihnen meine Beine. Die Innenseite, die Außenseite, die Rückseite, die Vorderseite. Keine Tattoos. Keine Schiffe.

Esohe hörte mit ihrer Hänselei auf. »Er lügt!«, kreischte sie. Ich machte mir nicht die Mühe, ihr zu antworten, und ließ die Tatsachen für sich sprechen.

»Sei still!« Aunty Bidemi führte ihre Hand an den Kopf und seufzte. »Es tut mir leid, Bambi. Es tut mir leid, dass ich an dir gezweifelt habe.«

»Wir sind alle angespannt.«

»Ich weiß nicht, weshalb ich zugelassen habe, dass sie mich auf diese Weise manipuliert.«

»Ich lüge nicht, ich – «

»Halt den Mund! Du willst mir nur weismachen, mein Neffe sei genauso schlimm wie du. Du kannst diese Familie nicht auseinanderbringen. Hast du mich verstanden?!« Nachdem sie gesagt hatte, was sie zu sagen hatte, machte sie kehrt und ließ Esohe und mich dort stehen und einander anstarren.

»Ich weiß nicht, was für ein Juju du angewendet hast, aber ich werde es herausfinden.«

Ich gab keine Antwort. Ich wies auf die Tür und sah zu, wie sie hinaustrippelte wie eine Spinne. Eine giftige Spinne. Ich schloss die Tür hinter ihr und setzte mich auf meine Bettkante. Die Nachmittagssonne brannte weniger heftig als zuvor, im Zimmer hatte es sich etwas abgekühlt. Ich atmete tief durch. Ich hatte das Tattoo zwar tatsächlich, aber es befand sich auf meinem Hintern. Esohe hatte schlicht vergessen, wo an meinem Körper sie es gesehen hatte.

25

Esohe und ich gehörten derselben Generation an, also war es keine wirkliche Überraschung, dass wir auch dieselben Orte aufsuchten. Dennoch war ich erstaunt, sie im Club zu sehen. Wann immer ich einen belebten Raum betrat, ließ ich meinen Blick kurz umherwandern. Ich stellte fest, wo die Bar und wo der VIP-Bereich war, ob ich irgendjemanden kannte und wo sich die heißesten Frauen im Raum befanden.

Esohe war einen Kopf größer als die meisten Frauen, daher war sie leicht zu entdecken. Aber das Mädchen konnte sich auch bewegen. Gott hatte sie nicht mit herausragenden Hüften gesegnet, aber sie wusste, wie sie das wenige einsetzen musste, das Er ihr gegeben hatte. Ihr ganzer Körper verdrehte sich. Sie trug ein goldenes Kleid, das auf ihrer dunklen Haut leuchtete und so kurz war, dass es ihre langen Beine betonte. Ich sah von meinem Platz an der Bar aus zu, wie ein Typ nach dem anderen versuchte, sich hinter sie zu schieben, um die

Kunst ihrer sich wiegenden Hüften besser genießen zu können, aber sie drehte sich jedes Mal einfach von ihnen weg.

Ich hatte lediglich vor, nach ihr zu sehen. Sie war die Geliebte meines Onkels, und sie war nicht einmal mein Typ. Ich brachte ihr einen Drink. Nach all der Tanzerei hatte sie sicher ein wenig Durst. Ich musste mich durch die Menschenmenge zwängen. Bis ich bei ihr angekommen war, war bereits die Hälfte des Getränks aus dem Glas geschwappt.

»Bambi!« Ihre Stimme klang atemlos, heiser. Ich reichte ihr den Drink. »Danke schön.«

»Gern geschehen.«

Sie leerte das Glas und gab es mir zurück. Ich stellte es wahllos auf einen Tisch. Sie hatte wieder angefangen zu tanzen. Es war nur natürlich, dass ich mitmachte. Sie drehte sich nicht von mir weg. Stattdessen begann sie zu twerken. Ich ließ sie ihr Ding machen. Es war nur ein Tanz. Sie war nicht der Typ Frau, zu dem ich mich hingezogen fühlte. Ihre Brüste waren wie Äpfel, und ein Mann war erst zufrieden, wenn er sich an Dingern in Wassermelonengröße festhalten konnte. Allerdings trug sie keinen BH, wovon mir ein wenig schwindelig wurde.

Ich war nicht allein gekommen, sondern mit einem Freund unterwegs, aber wir wussten beide, wie es lief. Wenn ich hin und wieder einen Blick auf ihn erhaschte, gab er mir das Daumen-hoch-Zeichen. Er hatte keine Ahnung, wer Esohe war. Es hatte nie einen Grund gegeben, sie zu erwähnen. Nach einer Weile bemerkte ich, dass er selbst eine Frau gefunden hatte, die seine Aufmerksamkeit auf sich zog. Ich kommentierte sein Glück ebenfalls mit Daumen hoch.

Ich hatte nicht vorgehabt, meine ganze Zeit mit ihr zu verbringen. Ich hatte gedacht, ich würde ein, vielleicht auch zwei oder drei Lieder mit ihr tanzen, und dann zu einer anderen Frau übergehen. Aber die Dinge laufen nicht immer wie geplant. Wir verließen den Club gemeinsam. Ich nahm sie mit zu einem Hotel in der Nähe.

Gab es Momente, in denen ich ein schlechtes Gewissen hatte? Ja. Aber die Summe dieser Momente reichte nicht aus, um mich von der anstehenden Aufgabe abzubringen. Und außerdem war sie nicht Onkel Folus Ehefrau. Sie war frei, zu schlafen, mit wem sie schlafen wollte. Mein Telefon klingelte mehrmals, die Frau, mit der ich damals zusammen war, wollte offensichtlich erfahren, wo ich steckte. Doch trotz ihres üppigen Körpers war sie nicht in der Lage, sich so gekonnt zu bewegen wie Esohe, und so war, zumindest in jener Nacht, in meinen Gedanken für sie kein Platz.

In jener Nacht ging es nur um Esohe und mich.

26

Bambi!«, schrie Esohe. »Bambi!«

Ich stürzte aus meinem Schlafzimmer und sah sie mir im Flur entgegenkommen. Sie trug Remi in den Armen, und er war ganz schlaff. Esohe kam weiter auf mich zu und hielt mir das Baby entgegen. Es sah aus, als böte sie mir ein Opfer dar. Ich machte ein paar Schritte rückwärts – ich war entsetzt.

»Ich weiß nicht, was zu tun ist!«, rief ich.

»Seine Haut ist ganz heiß!«

Dann war er also noch am Leben. Ja, seine Brust hob und senkte sich. Zwar nur schwach, aber sichtbar, und – solange er atmete, gab es Hoffnung. »Gib ihn mir«, sagte ich, und sie ließ ihn sofort in meine Arme gleiten. Ganz so, als würde sie mir ihre Verantwortung übergeben. Er war so klein. Das Muttermal, das seinen halben Bauch bedeckte, wirkte plötzlich unheilvoll. Er war heiß … zu heiß.

»Lass ein Bad ein, Esohe. Mit lauwarmem Wasser!«

Sie eilte davon, und ich folgte ihr, Remi sanft

im Arm. »Es wird alles wieder gut«, flüsterte ich, ebenso sehr zu ihm wie zu mir selbst. Als ich ins Badezimmer kam, war die Babywanne bereits einige Zentimeter tief mit Wasser gefüllt. Ich kniete neben Esohe nieder und tauchte ihn ins Wasser. Er zitterte, aber er weinte nicht.

»Was ist passiert?!« Ich drehte mich um und sah Aunty Bidemi im Türrahmen stehen.

»Hilf uns!«, rief Esohe.

Aunty Bidemi sackte gegen den Türrahmen.

»Wird er sterben? Er wird sterben. Das weiß ich!«, heulte sie.

»Was?!«, schrie Esohe.

»Siehst du das denn nicht? Keines dieser Babys wird überleben. Mein liebstes Baby ist gestorben! Er ist gestorben! Und nun wird uns auch Remi genommen!« Aunty Bidemi weinte und raufte sich die Haare. »Ach! Er wird sterben! Das weiß ich!« Sie war hysterisch.

Ich nahm Esohe das Baby ab und ging aus dem Badezimmer, ehe Aunty Bidemi mich zum Durchdrehen brachte. Esohe folgte mir und sah zu, wie ich zuerst versuchte, ihm eine Flasche Milch zu geben, dann eine Flasche Wasser. Wir hatten Paracetamol für Babys, also gab ich ihm auch etwas davon.

Sie versuchte, mit mir zu sprechen, während wir

darauf warteten, dass seine Temperatur sank, aber ich gab keine Antwort. Die Angst hielt meine Zunge fest umklammert. Vielleicht war es ebenfalls Angst, die Esohe dazu brachte, so viel zu reden.

»Sie ist verrückt. Ich habe dir doch gesagt, dass sie den Verstand verloren hat. Sie will, dass mein Baby stirbt«, sagte sie, und dann: »Ich habe ihn Omoregbe genannt, weil er zu meiner Familie gehört.« Und dann sagte sie: »Ich habe ihn hier auf die Welt gebracht, weißt du. Ich wollte ins Krankenhaus gehen, aber wegen des Virus … Meine Ärztin ist noch nicht einmal ans Telefon gegangen. Aunty Bidemi hat mir geholfen. Sie sagte mir, wann ich pressen sollte.«

Ich nahm Remi hoch. Ich hatte Angst, ihn zu lange liegen zu lassen. Er begann, sich zu übergeben. Als er sich etwas beruhigt hatte, versuchte ich, Uche anzurufen, aber er ging nicht ran.

»Was ist passiert?«, fragte ich Esohe.

»Wie meinst du das?«

»War er schon heiß, bevor du eingeschlafen bist? War er quengelig? Hat er irgendetwas gegessen, das er nicht hätte essen sollen?«

»Willst du sagen, es sei meine Schuld?«

»Nein. Nein, das will ich nicht. Ich versuche nur, die Ursache herauszufinden.« Ich gab mir Mühe, meine Stimme ruhig zu halten. Ich musste herausfinden, was geschehen war, das war dringender, als auf sie loszugehen.

»Es ging ihm gut. Und dann weinte er auf einmal, und ich habe gemerkt, dass seine Temperatur erhöht ist. Er hat auch viel gekackt. Ich meine, richtig viel.«

»Okay. Okay.«

Wir hielten Wache. Ich versuchte, ihn mit ausreichend Flüssigkeit zu versorgen. Ich googelte endlos herum, um herauszufinden, was er haben könnte. Ich suchte nach Informationen über Babys mit Durchfall. Irgendwann schlief er ein, aber ich setzte meine Recherche fort. Das Internet empfahl eine orale Rehydratationslösung. Ich ging in die Küche, um ihm das Getränk aus sechs gestrichenen Teelöffeln Zucker und einem halben Teelöffel Salz, aufgelöst in einem Liter Wasser, zuzubereiten. Als er aufwachte, brachte ich ihn dazu, ein wenig davon zu trinken, aber er schlief rasch wieder ein.

Nie zuvor hatte ich diese Art von absoluter, allumfassender Müdigkeit erfahren. Wann immer ich versuchte einzunicken, tippte mir die Angst auf die Schulter, und ich war sofort wieder in Alarmbereitschaft. Meine Augen waren erschöpft davon, seiner Brust beim Heben und Senken zuzusehen. Zum ersten Mal seit Ewigkeiten betete ich.

Aunty Bidemi schien ihren »Er wird sterben«-

Unsinn überwunden zu haben. Sie bot an, auf ihn aufzupassen. Aber ich reagierte darauf noch nicht einmal.

Ich war gerade erneut kurz vor dem Einschlafen, als ich ihn schreien hörte. Remis Schrei war kräftig und wunderschön. Er brach mir auf tausend verschiedene Weisen das Herz. Esohe schnarchte. Wie konnte sie nur ein solch wundervolles Geräusch verschlafen? Ich konnte ihn dazu bringen, noch ein wenig mehr von der OR-Lösung zu trinken, ehe er erneut einschlief.

Uche rief mich endlich zurück, und ich erstattete ihm kurz Bericht von Remis Zustand.

»Du machst genau das Richtige, Bambi. Gib ihm jedes Mal nach dem Kacken von der Lösung. Und vergiss nicht, dass er genügend Flüssigkeit zu sich nehmen muss. In ein paar Tagen geht es ihm wieder gut.«

»Okay. Gut. Aber ich weiß noch nicht einmal, wieso er krank geworden ist …«

»Sorg einfach dafür, dass du seine Fläschchen sauber hältst und ihm keine alte Milch gibst.«

»Wir sind hier ja keine Anfänger.«

Er lachte über mich, und ich konnte mir ein Lächeln nicht verkneifen.

»Pass auf dich auf.«

27

Geht es ihm wieder gut?«, fragte Aunty Bidemi. Ich machte die Augen auf und kniete mich vors Bett. Es ging ihm gut. Esohe schlief ebenfalls, halb auf meinem Bett, halb heruntergerutscht.

»Es geht ihm gut.«

»Brauchst du irgendetwas?«

»Nein.«

Das stimmte nicht – uns waren die sauberen Fläschchen ausgegangen. Ich ging durch das Haus und sammelte alle leeren Flaschen ein. Die meisten von ihnen befanden sich in Esohes Zimmer. Es schien, als wäre sie allergisch gegen das Spülen. Oder grundsätzlich gegen jegliche Hausarbeit.

Aus einer der Fläschchen kam ein saurer Geruch. Ich führte sie näher an meine Nase und roch erneut daran. Und dann noch einmal. Die Milch war gekippt. Hatte sie Remi etwa mit dieser Milch gefüttert? Ich konnte in ihrem Zimmer keine einzige Flasche finden, die halbwegs frisch aussah. Ich blickte mich erneut um und stellte fest, dass sogar Remis

Kleidungsstücke schmutzig waren. Wann hatte sie vorgehabt, sie zu waschen?

Ich gab die Flasche zu den anderen und ging in die Küche, um sie zu sterilisieren. Dann weckte ich Esohe sanft auf und sagte ihr, sie solle in ihr Zimmer gehen.

»Ich übernehme ab jetzt.«

»Sicher?«

»Ja.«

28

Ich packte meine Sachen langsam in meinen Koffer und fürchtete, dabei erwischt zu werden, obwohl ich mir ziemlich sicher war, dass die beiden Frauen tief und fest schliefen.

Ich ließ meinen Blick kurz durchs Zimmer schweifen, um zu sehen, ob ich irgendetwas vergessen hatte. Mein Ladekabel war in meinem Rucksack, neben meinem Laptop und meinen Kopfhörern. Meine Brieftasche lag immer noch bei Mide. Meine Sachen einzusammeln war der leichte Teil gewesen.

Ich schlich mich hinaus, wobei ich die Tür so leise öffnete, wie ich konnte. Remis frisch gewaschene Kleider hingen noch immer an der Wäscheleine. Ich nahm sie alle herunter. Dann ging ich in die Vorratskammer, um die noch verschlossenen Windelpackungen einzusammeln. Ich nahm seine Fläschchen und den Sterilisator mit und räumte sie in den Kofferraum meines Autos. Die Stille ließ alle Geräusche dreimal so laut wie gewöhnlich erscheinen.

Ich versuchte, die Klappe zu schließen, ohne sie zuzuknallen.

Als ich in mein Zimmer zurückkehrte, stand dort Aunty Bidemi mit Remi im Arm. Was könnte ich tun, um ihn ihr abzunehmen?

»Was hast du vor?«

»Ich verschwinde mit Remi.«

»Und Esohe.«

»Nein. Nur Remi.«

»Du nimmst Esohe nicht mit?«

»Nein. Warum sollte ich das tun?«

Aunty Bidemi seufzte. Sie schien nur wegen Esohe besorgt gewesen zu sein. Sie blickte auf Remi hinab und strich ihm über die schwarzen Löckchen. Sie gab ihm einen sanften Kuss auf die Stirn.

»Ich liebe dieses Baby wirklich. Es ist nicht so, als ob ich ihn nicht lieben würde. Ich weiß, dass du mich für einen schlechten Menschen hältst. Aber ich habe immer wieder versucht, ein Kind zu kriegen. Und als ich dann endlich eines bekam, ist er …« Sie fing an zu weinen. Ich wollte Mitleid verspüren, konnte jedoch an nichts anderes denken als an die Sicherheit des Babys in ihren Armen. »Dieses Mädchen macht für meinen Mann die Beine breit und wird innerhalb von Monaten von ihm schwanger. Kannst du glauben, dass er zu mir sagte, Esohes

Baby werde mich trösten, als mein eigenes Baby … Er sagte, dieses Baby werde uns Freude bringen! Er hat Esohe in unser Haus geholt. Und dann ist er gestorben und hat mich mit ihr allein gelassen!«

Ihr Körper zitterte. Ich hatte Sorge, sie würde Remi aufwecken, und er würde weinen, und seine Tränen würden Esohe aufwecken, und wir wären für alle Ewigkeit mit ihnen in diesem Haus gefangen.

Aber Aunty Bidemi gab Remi einen weiteren Kuss und übergab ihn dann an mich.

»Bring ihn mir zurück, wenn das Ganze hier vorbei ist.«

»Ja.« Ich hätte ihr alles versprochen. Ich verließ das Haus.

Ich hatte keinen Kindersitz, also musste ich seinen Babytragekorb nehmen und ihn mit Decken ausstopfen. Ich stellte den Korb auf den Vordersitz, so dass ich, wenn nötig, meine Hand als Gurt verwenden konnte, und ich fuhr ganz langsam.

Ich ging ein Risiko ein. Es war mehr als wahrscheinlich, dass Mide mich draußen vor ihrem Wohnblock stehen lassen würde, daher klang das Geräusch des Summers, mit dem ich eingelassen wurde, in meinen Ohren wie Musik. Ich drückte die Tür auf und trug Remi in den Aufzug.

Als Mide mir die Wohnungstür öffnete, schaute sie zuerst mich und dann Remi an.

»Bambi, um Himmels willen, du warst doch bloß eine Woche fort …«